AF397504

Roger Skagerlund

Sektor 14

Omslagsbild: Pixabay/Canva
Omslagsbearbetning: Roger Skagerlund
Förlag: BoD · Books on Demand, Östermalmstorg 1,
114 42 Stockholm, Sverige, bod@bod.se
Tryck: Libri Plureos GmbH, Friedensallee 273,
22763 Hamburg, Tyskland
ISBN: 978-91-8097-129-4

»Vi lever på en lugn ö av okunskap mitt i de svarta oändliga haven.»

\-   H.P. Lovecrafts *Cthulhu vaknar*

Kapitel 1

Solen hängde precis under den synliga horisonten. Dessa ljusförhållanden gav den röda flygplatsbyggnaden en mycket olycksbådande blodfärgad nyans.

En känsla av förestående fara spred sig inom löjtnant Isak Strindmark när han klev av lastrampen på en av Försvarsmaktens Herculesplan.

Individnumret 848 syntes klart och tydligt på det till åren komna lastflygplanets stjärtfena.

När han efter en kort promenad stod på den asfalterade plattan stannade han upp. Med ett djupt andetag fyllde han lungorna med den kyliga kvällsluften. Den friska luften var ett välkommet avbrott mot den inte fullt så härliga atmosfären inne i det bullriga transportflygplanet.

Bakom Isak följde hans pluton på fyrtio fullt stridsutrustade soldater från Arméns jägarbataljon, Norrlands dragonregemente K4.

Under två intensiva veckor skulle de öva vinterstrid i fjällnära terräng. Mot sig hade de en B-styrka från ett ännu okänt regemente. Fiendens främsta uppgift var att göra allt för att hindra dem från att uppnå sina mål på samma sätt som om det var en verklig motståndare.

Övningen avsågs att på alla sätt vara extremt realistisk. Till viss del skulle den genomföras med skarp ammunition för att ge lite puls till deltagarna.

Orden hade varit major Tormans.

Just på grund av den pulshöjande realismen medförde man alltså rikligt med skarp ammunition, tillsammans med noggrant uppmärkt lös sådan. Utrustningen skulle de dessutom transportera på enkla slädar som de själva fick dra efter sig. Utgångsläget för övningen var att avancerade hjälpmedel, som snöskotrar och liknande, inte fanns tillgängligt på grund av fiendens aktiviteter.

Scenariot sa att ryska jägarförband hade gått genom ett bekämpat Finland innan de anfallit över Torneå älv i höjd med Muoni.

Där hade de svenska styrkorna tvingats till reträtt.

Man ämnade nu stoppa den ryska framfarten med små slagkraftiga och lättrörliga enheter. Av den anledningen var det skidor och slädar som gällde, något som även ökade den fysiska ansträngningen.

Även om han muttrat en del när han fick dragningen visste Isak samtidigt hur nyttigt det var. I ett skymningsscenario måste man klara av att improvisera. Då var det viktigt att man kunde ta sig fram på samma sätt som Gustaf Vasa en gång gjort.

Det gick måhända inte lika snabbt som man var van vid. Däremot kunde man slå till i tysthet och sedan försvinna igen i den norrländska terrängen.

Dessutom kunde det ske utan att man lämnade tydliga och lätt identifierbara skoterspår efter sig.

Dessa signifikanta spår skulle vara en enkel match att följa för fiendens helikoptrar. Nu var Isak, efter alla månader av utbildning, övertygad om att hans pluton skulle klara alla utmaningar de kunde tänkas ställas inför.

Med sina rötter djupt sprungna ur den norrländska vildmarken, född och uppvuxen som han var i Sangis i Nederkalix, bar Isak redan på ett naturligt arv av överlevnad. Det var en egenskap som krävdes för att klara sig i det kärva landskap som utgjordes av de nordligaste delarna av det avlånga land som kallades för Sverige.

Efter mer än sju år inom Försvarsmakten hade han en bred erfarenhet av strid i fjällnära terräng. Där ingick även att leda personal under svåra subarktiska förhållanden.

Så fort som alla soldater hade kommit av planet ställde de upp sig. Därefter rapporterade gruppbefälen in antal och beredskapsgrad. Med djup tillfredsställelse noterade Isak hur hela processen löpte på som ett synnerligen välsmort urverk. Gruppbefälen var vid det här laget ordentligt drillade i sina uppgifter och tvekade inte en sekund.

När hela avlämningen var överstökad kom en smutsgrön Volvo körande över taxibanan innan den stannade till framför soldaterna. Ur bilen klev en gråhårig major med väderbitet ansikte. Mannen lät blicken glida över den samlade plutonen medan Isak klev fram mot Volvon med självsäkra steg.

På två meters avstånd stannade han upp och hälsade reglementsenligt på det högre befälet innan han med mjuk stämma sa:

”Major. Löjtnant Isak Strindmark med fyrtio man anmäler sig.”

"Det är gott, löjtnant", svarade majoren med ett leende. "Om ni följer med mig in i hangaren så kommer vi bort från vinden och eventuellt nyfikna ögon i form av högst verkliga ryska drönare och nyfikna sensationsjournalister."

Menande nickade han bort mot den civila delen av flygplatsen innan han fortsatte:

"Ni ska få de övergripande förutsättningarna för den stundande övningen."

När portarna till hangaren stängdes bakom dem kändes det för ett kort ögonblick som att de befann sig i käften på ett enormt odjur som just skulle till att svälja dem.

Tack och lov upphörde känslan i samma stund som de vita lysrören i taket tändes. Det knäppte till i armaturen några gånger innan de spred ett hårt och kallt sken över den spartanskt inredda byggnaden.

På deras högra sida stod två JAS-39 *Gripen* med F21:s förbandsbeteckning skrivet på nosen framför cockpit. I övrigt var hangaren tom, förutom några oljefläckar på golvet och en arbetsbänk utmed ena kortväggen.

Majoren väntade några sekunder medan männen och kvinnorna ställde upp sig, sedan sa han med hög röst:

"Välkomna ska ni vara till Kiruna. Ni ska snart få lasta in er utrustning i en civil långfärdsbuss för vidare avtransport till övningsområdet. Innan avfärd kommer samtliga att förses med ögonbindlar, eftersom scenariot utgår ifrån att ni inte känner till er exakta position."

Majoren gjorde ett kort uppehåll för att invänta eventuella reaktioner. Sedan fortsatte han med att säga:

"B-styrkan kommer att finnas på plats någonstans inom övningsområdet. Uppdraget går i sin helhet ut på att ni effektivt ska eliminera all fiendeaktivitet. Vidare ska ni tillskansa er så mycket underrättelsematerial om de fientliga aktiviteterna som bara är möjligt. Stridsdomare kommer att avgöra ifall ni lyckas i de olika delmomenten med hjälp av de kroppskameror som ni kommer att bära."

Majoren tystnade några ögonblick för att låta gruppen få en chans att smälta informationen. Sedan fortsatte han med samma tordönsröst som tidigare:

"Det är mycket viktigt att ni inte lyfter på ögonbindlarna under tiden transporten pågår. Ett av övningens huvudmoment är som sagt att ni ska uppträda i helt okänd terräng, vilken ni ska göra er bekanta med på det gamla hederliga sättet. De kartor ni kommer ha tillgång till är av den anledningen kraftigt redigerade för att försvåra ert uppdrag. Området är uppdelat i fjorton sektorer. Er första uppgift blir därför att på sedvanligt vis avgöra i vilken av de fjorton sektorerna ni lastas av. Den andra uppgiften är att lokalisera fienden ... och då helst innan fienden lokaliserar er. Information slut. Frågor på det?"

Isak lät sin falkblick löpa över soldaterna, men ingen visade någon vilja att ställa ytterligare frågor, varför han svarade:

"Allt är solklart, major. Inga ytterligare frågor. Nu börjar vi."

"Det är gott, soldater. Lycka till, så ses vi om tolv dagar."

Med de orden klev majoren åt sidan och överlät därmed kommandot till Isak.

Av vägens dåliga skick under de sista kilometrarna kunde han enkelt avgöra att de befann sig på en sträcka som inte var alltför livligt trafikerad. Samtidigt avslöjade den kraftiga stigningen att de befann sig uppe på fjället, vilket bekräftades när bussen stannade.

Till slut fick de ta av sig de svarta ögonbindlarna.

Blinkande, för att vänja ögonen vid att åter vara fria, såg han sig nyfiket omkring genom bussens sidofönster. En bländande fullmåne hade under färden klättrat upp på den mörka polarnattens stjärnbeströdda himmel. Dess starka sken, som reflekterades och förstärktes av det orörda snötäcket, avslöjade mörka siluetter av snöklädda bergstoppar.

Oavsett var de inledde sin resa förstod Isak att det skulle bli en mycket nyttig erfarenhet för gruppen. De hade detta som slutövning innan muck, vilket alltså var den sista och svåraste utmaningen de ställts inför under sin utbildning.

Under elva månader hade han lett dem, från färska rekryter till snart färdigutbildade fjälljägare. Han var helt säker på att soldaterna utan problem kunde matcha vad än den stora fienden i öster kunde tänkas slänga in mot dem.

Nästa månad ryckte de ut för att bereda plats för en ny omgång soldater. Dessa skulle ansluta till hösten, varvid utbildningscykeln startade på nytt.

Med ett lågt nynnande reste sig Isak och gick som första man av bussen. Nu skulle grabbarna och tjejerna få det slutliga eldprovet, något som för övrigt även gällde honom själv. Det här var första gången han var med om just detta övningsupplägg, vilket skulle bli en ny spännande utmaning.

Varje genomförd prövning skapade bättre förutsättningar för honom att effektivt leda en grupp i verklig strid. Trots allt var det inte längre fullt lika orealistiskt att det otänkbara faktiskt inträffade. Den krigiska grannen i öster vände redan sina rovgiriga blickar mot både Sverige, Finland och de tre baltiska staterna.

För tillfället hade visserligen Ryssland händerna fulla i Ukraina, men även det kriget skulle någon dag ta slut. Frågan var bara vem som avgick med segern?

Ett besegrat Ukraina skulle garanterat ge Kreml en tydlig fingervisning om att militärt våld lönade sig väl, varvid landets expansionsambitioner skulle gå vidare till nästa steg.

Vad det sedan skulle bli var än så länge en öppen fråga, men Isak hade sina onda föraningar. Ryssland ville gärna åt Östersjön för att minska sin sårbarhet på den skandinaviska flanken. På samma sätt ville de även erövra de subarktiska regionerna med sina rikliga naturtillgångar i form av olja och gas.

Som medlemmar i Nato fick de vara beredda på att rycka ut, exempelvis till Baltstaternas försvar om Ryssland vände blickarna åt det hållet. I vilket fall som helst skulle Sverige omgående dras in i krig om Kreml beslutade sig för att anfalla någon av sina västliga Nato-grannar.

Om det skedde gällde det att de faktiskt var beredda på det helvete som ett krig innebar i den verkliga världen. Ryssland hade med önskvärd tydlighet visat att man inte brydde sig ett dugg om krigets lagar. Tvärtom gav man sig gärna på den oskyddade civilbefolkningen, för att på så vis bryta ner motståndsviljan.

Det var med andra ord bättre att vara ordentligt förberedd på något som kunde hända. På så vis skickades signaler österut att ett angrepp skulle bli extremt kostsamt.

Det var därför hans uppgift att forma de bästa soldater som gick att få.

Kapitel 2

Den uppgående solens strålar skulle – om de hade befunnit sig längre söderut - ha kunnat färgat himlen i ett kalejdoskop av olika grynigsfärger.

Nu befann de sig däremot norr om polcirkeln. Det var med andra ord polarnatten som höll den här delen av världen i ett järngrepp under flera vinterveckor varje år. Trots det - eller kanske var det just på grund av detta - som de omgivande fjälltopparna, med sina snöklädda sluttningar, gnistrade som svarta diamanter i det förtäckta morgonljuset.

Isak tittade fram ur bivacken och kunde inte hålla tillbaka ett ofrivilligt huttrande när den bitande arktiska kölden slog emot honom. Leende gled hans blick över det förtrollande landskapet. Det var måhända kargt och ödsligt, men ack så bedårande underbart där det bredde ut sig framför honom.

Dess skönhet hade inspirerat otaliga poeter, som exempelvis Erik Axel Karlfeldt, att beskriva den underbara naturen. Det var ett av få områden som inte helt hade besudlats av mänsklig påverkan, med påföljande förstörelse av det som naturen skapat under årmiljonerna.

Efter några sekunder gled blicken vidare till fänrik Henrik Malm som stod på huk i snön och stilla betraktade honom. Den vita snödräkten gjorde att han gled väl in i landskapet.

Det var bara det svarta ansiktsskyddet för extremt kallt väder som syntes.

"God morgon, löjtnant."

Malms röst var fast, men ett vitt moln av kondens bolmade ur munnen när han talade.

"God morgon, fänrik. Hur ser våra förhållanden ut?"

"Vi har under natten lägesbestämt vår plats. Vi befinner oss i den nordöstra kanten av sektor tio. Vidare är det strax under trettio minusgrader ute, men förväntas stiga till runt minus tjugo mitt på dagen."

Isak grimaserade, vilket inte syntes under hans egen ansiktsmask när han svarade:

"Har gruppen fått någon vila?"

"Ja. Vaktpassen har fungerat tillfredsställande och alla har fått sex timmars vila. Av fienden har vi däremot inte sett ett spår ... än så länge."

Det gick inte att missa fänrikens korta konstpaus och Isak förstod honom. Dessa övningar brukade vara riggade till B-styrkans fördel. Medan de själva inte hade en aning om var de lämpades av, brukade fienden ha fått underrättelseuppgifter gällande deras ungefärliga läge.

Allt för att göra det hela lite mer intressant.

Av den anledningen hade han pressat gruppen hårt under gårdagskvällen för att komma så långt bort från vägen som möjligt. Det fanns inte en chans att han tänkte ge B-styrkan några gratisförmåner. De var här för att vinna, vilket skulle tvinga deras motståndare att stå för ölen under avslutningsfesten.

Vilka det än var som agerade B-styrka misstänkte han att det inte var några veklingar. För två år sedan hade de ställts emot operatörer från självaste Särskilda operationsgruppen. Den gången hade övningen varit förlagd till Mellansverige under tidig höst.

Även fast de gett operatörerna en match var Isak tvungen att medge att de förlorat, varvid notan för öl och chips vuxit lavinartat. Tyst funderade han fortfarande över hur så hårt drillade soldater kunde dricka såna kopiösa mängder öl.

"Det är gott, Malm", sa Isak innan han kröp ut ur vindskyddet och sträckte på sig. På ren instinkt kontrollerade han sin kroppskamera och noterade att den var i gång. Någonstans satt ett par bistra män och betraktade sändningen för att leta efter bagatellartade misstag som kunde kosta dem segern.

I stället för att oroa sig över vad eventuella domare kunde ha att säga sa han:

"Visa mig nu exakt på vår sorgliga ursäkt till karta var vi befinner oss."

Malm nickade och sträckte sig efter kartfodralet han bar i en snodd runt halsen. Med kartan framme pekade han på ett kryss innan han sa:

"Vi är för närvarande här. De släppte av oss här borta, vilket gjorde att vi förflyttade oss drygt sexton kilometer innan vi hittade det här läget."

Han flyttade fingret från krysset till en cirkel längre söderut. Vägen fanns inte utmärkt på den redigerade kartan, men Isak litade på Malms ord. Precis som han själv var Malm en van kartläsare och vildmarksmänniska som kände fjället som sin egen bakgård.

Han rätade på ryggen och kände hur det ilade till i en muskel innan de ljusblå och vaksamma ögonen svepte över den mörka morgonhimlen.

Han skulle till att fortsätta samtalet med Malm, men avbröt sig när en skarp knall ekade mellan bergsväggarna. Ljudet lät som ett klassiskt ljudbang från ett jetplan, vilket det på sätt och vis också var ... bortsett från att det inte var något stridsflyg.

Över himlavalvet for ett eldklot i en nedåtriktad flack bana. Med blicken följde Isak klotet på dess färd innan det försvann bakom fjälltopparna i norr. Några sekunder senare lystes himlen upp innan ljudet av kraschen nådde dem.

Hela gruppen stod blickstilla och stirrade i riktning mot nedslagsplatsen. Efter några andlösa ögonblick vände sig Isak mot Malm och sa:

"Vad i helvete var det där?"

"Det hade jag hoppats att löjtnanten kunnat svara på", blev svaret. "Antingen var det ett brinnande trafikflygplan, eller en meteorit som störtade genom atmosfären."

"Hur stor är risken för att det var ett människotillverkat föremål?"

"Jag är ingen expert i ämnet." Malm rynkade på pannan. "Men om vi säger fyrtio procents sannolikhet att det där var ett brinnande flygplan. Då har vi sextio procent som hänger i luften."

Isak vände på nytt blicken åt norr innan han svarade Malm med orden:

"Det är tillräckligt för mig. Meddela staben att vi tillfälligt avbryter övningen och inleder ett räddningsuppdrag. Var slog det där eldklotet ner någonstans?"

Malm såg ner på kartan och tycktes göra en hastig överslagsberäkning innan han svarade:

”Skulle tro att det fick markkontakt i norra delen av sektor fjorton. Vi kan nå dit tidigt i morgon eftermiddag, om vi ger oss av med en gång.”

”Då finns det inget att vänta på. Riv lägret och packa ihop allt. Vi ska försöka rädda vad som räddas kan. Signalist, har ni fått kontakt med staben?”

”Svar nej, löjtnant. Det finns bara brus i etern. Det är som om någon har slagit på en enorm störsändare. Den dränker hela området med en störsignal som jag aldrig tidigare har stött på. Jag tror inte att någon kan få kontakt, som det är just nu.”

När han hörde signalisten for en ny tanke genom huvudet på Isak. Tänk om det varken var en meteorit eller ett flygplan, utan i stället en fientlig robot. Om ryssarna gjort en avfyrning för att testa den svenska beredskapen, eller om det till och med var inledningen på ett krig de såg.

Märkligare saker hade trots allt skett.

Genom att skapa en vilseledande manöver i norr kunde man dra bort uppmärksamheten från andra områden som kunde falla offer för ryska aktioner. Sverige var ett fullvärdigt Natoland nu.

Därmed var de också ett lovligt byte.

Om den lilla skalliga mannen i Kreml ville eskalera sitt redan pågående krig var detta ett tänkbart tillvägagångssätt.

”Brus eller inte brus. Vi ger oss av allra senast om femton minuter. Virtanen, ni fortsätter försöka få kontakt med staben. På något sätt måste vi rapportera detta.”

”Jag är rädd för att det i så fall får ske med brevduva,”, svarade signalisten. ”Det finns inte skuggan av en chans att få tag på en enda jävel så som radion beter sig just nu.”

"Gör vad ni kan, soldat. Jag förväntar mig inga underverk, men väl det bästa som var och en av er kan prestera. Är det uppfattat?"

"Ja, löjtnant. Det är uppfattat", svarade Virtanen snabbt, utan att missa löjtnantens varnande tonfall. Strindmark var ett bra befäl, men olydnad accepterades inte.

Han insåg själv att han varit på gränsen till detta med sitt svar. Han kunde trots allt bättre, och skulle visa chefen att han förstod vad det var som förväntades av honom

Kapitel 3

I och med att polarnatten härskade över området var sikten kraftigt begränsad. Detta ledde till att Isak oftare än normalt tvingades stanna upp för att spana framför sig.

Nattkikaren förvandlade den vita snön till ett gnistrande, självlysande grönt töcken. Däremot kunde han utan problem se en av spanarna komma skidande emot dem med samma spänstiga rörelser som en landslagsåkare. Det dröjde inte länge innan Isak såg att det var soldaten Lovisa Ceder som närmade sig, så fort som skidorna bar henne.

När hon nådde fram stannade hon framför Isak. Ceder tog flera djupa andetag för att lugna pulsen innan hon med förvånansvärt god kontroll över andningen sa:

"Löjtnant. Jag hittade en övergiven lägerplats tre kilometer norr om vår nuvarande position. Den var bruten under stor hast, varför jag gissar att vår B-styrka har dragit samma slutsatser som oss angående eldklotet. Spåren leder i riktning mot den förmodade nedslagsplatsen."

"Det är gott, soldat", svarade Isak uppmärksamt. "Hur stor styrka uppskattar ni att det var?"

"Av lägret att döma, och de spår som de lämnade efter sig, skulle jag säga mellan arton och tjugo personer ... alltså en halv pluton. Det kan tänkas att det är hela B-styrkan, men de kan även ha delat upp sig i två grupper för att göra en omfattning. På så vis kan de komma att slå mot oss från två håll. I vilket fall som helst är de nu på väg mot nedslagsplatsen, om de inte redan är där."

"Då är frågan vad vi gör?"

Isak tystnade medan han funderade, sedan sa han med hög röst:

"Lappi till mig."

Spanaren Matti Lappi, vars namn var en ständig källa till munterhet hos de övriga, kom skidande. När han stannade till sa Isak:

"Matti, jag vill att du tar över spanandet så att Ceder får återhämta sig. Följ B-styrkans spår och ta reda på var de befinner sig ... men ge dig absolut inte till känna."

Efter en kort konstpaus fortsatte han, med tydligt allvar i rösten:

"Har de redan hunnit påbörja räddning av eventuella passagerare återvänder du till oss, med en gång. Om du däremot når fram till nedslagsplatsen utan att påträffa styrkan får du efter bästa förmåga påbörja första hjälpen. Här lämnar jag det öppet för egna beslut och rådande."

Eftertänksamt tystnade han och blickade upp mot den stjärnbeströdda himlen innan han fortsatte:

"Det förutsätter förstås att det finns något att rädda. I annat fall återvänder han till oss snarast. Är det uppfattad?"

Matti nickade innan han på sin släpiga finlandssvenska sa:

"Jo, nog är det uppfattat alltid, chefen. Jag tömmer Lovisa på information och sedan drar jag i väg."

Isak log för sig själv när han svarade:

"Det är gott, Matti. Övriga ... " han höjde rösten för att göra sig hörd. "Fem minuters rast och vila innan vi fortsätter."

Bakom sig uppfattade han hur soldaterna intog mer avslappnade positioner, bortsett från de som skötte vakten. Dessa hade redan vid det första stopptecknet lämnat gruppen och förflyttat sig en bit ut från de övriga. På så vis säkrade man området från eventuella överraskningar.

Bara för att de övergått från ett militärt stridsuppdrag till civil räddning hade de inte råd att slappna av. Om det värsta verkligen hänt och det hela visade sig vara inledningen till ett krig. Då visste ingen ifall fiendens soldater redan fanns på plats för att slå mot eventuella svenska patruller.

Med den bedömningen i botten hade Isak befallt att man skulle byta ut lösskjutningsanordningarna till skarp ammunition. På så vis ökade beredskapen från minut till sekundinsats, vilket kunde rädda svenska liv.

I periferin såg han hur Ceder och Lappi tyst diskuterade sinsemellan, men själv behövde han inte delta. Ordern var given och han litade fullt ut på att soldaterna utförde den med precis den skicklighet som han visste att de nu behärskade. I stället höjde han blicken mot den mörka polarnattens himmel och noterade samtidigt att den börjat skifta i grönt, även utan nattkikaren.

Med lite tur skulle de inom några minuter ha ett färgsprakande norrsken att beskåda, eller aurora borealis, som var det vetenskapliga namnet på himlafenomenet.

I samma stund som han tänkte denna tanke verkade Ceder och Lappi vara klara med sin informationsöverlämning. Den energiska lilla finnen greppade stavarna och gav sig sedan i väg med en hastighet som skulle fått även en landslagsman att hamna på efterkälken.

Eftersom den inre klockan sa honom att fem minuter hade gått vände han sig mot soldaterna. Nöjd konstaterade han att dessa redan dragit samma slutsats och börjat göra sig i ordning för fortsatt marsch.

Stärkt av den goda disciplinen höjde han handen och gav marschtecken. Bara sekunder senare satte man sig i rörelse, följande Lappis och Ceders spår i snön.

Ett högt rop hördes från kön och Isak höjde armen med näven knuten innan han vände sig om. Det var korpralen Marjo Aikio som ropat. Hon pekade mot något som låg i snön, knappt femton meter öster om deras nuvarande rutt. Föremålet var delvis översnöat. Av den anledningen hade det lyckats undgå Isaks sökande blick. I stället var det Marjo som gjorde upptäckten och påkallade hans uppmärksamhet.

Utan att han behövde säga något skickade hon ut två av soldaterna för att undersöka fyndet. Medan de skidade bort mot föremålet tog sig Marjo fram till Isak och sa:

"Det var nära att jag missade det. Bara ren tur att jag tittade åt det hållet och såg en mörkare skugga mot den vita snön."

Isak nickade innan han frågade:

"Vad var det ni såg, eftersom ni stoppade upp kolonnen?"

Marjo tittade mot soldaterna som precis kommit fram till det okända föremålet och nu böjde sig över det. Utan att tveka svarade hon Isak med ordern:

"Ser precis ut som en AK, men jag kan ha fel."

Isak följde hennes blick innan han sa:

"Nej, korpralen har faktiskt helt rätt. Se själv."

Där borta höll soldaten Korhonen upp en snökamouflerad AK-24. Under tiden gick kamraten ner på knä och började gräva runt platsen där vapnet stuckit upp. Sedan ryggade han tillbaka och stirrade på något som Isak inte kunde se. Med hög röst ropade mannen, i ett skärrat tonläge:

"Löjtnant. Ni måste komma med en gång."

Med onda aningar, som tycktes bekräfta hans dåliga känsla på Kiruna flygplats, såg Isak på korpralen innan de båda tog sig bort mot soldaterna. Mannen hade nu kommit på fötter och backat undan från det han grävt upp.

Med uppspärrade ögon såg de på Isak och Marjo när dessa nådde dem. I stället för att ställa frågan om vad de hittat vände Isak blicken ner mot hålet i snön.

Ett blekt och snövitt ansikte stirrade tillbaka på honom.

Kapitel 4

Kroppen befann sig i ett fruktansvärt skick.

Efter att varsamt ha frilagt den från snön kunde de snabbt konstatera att det rörde sig om en svensk soldat, iklädd snödräkt och med furirs grad. Han tillhörde fallskärmsjägarna vid 323:e skvadronen, vilka utbildades vid Livregementets husarer K3 i Karlsborg. Med andra ord ställdes de inför en B-styrka som bestod av en mycket kvalificerad motståndare ... något som tyvärr inte hade hjälpt mannen i snön framför dem.

Hela buken var uppskuren. Därtill saknades stora delar av mannens högra ben, vilket inte kunde återfinnas. Kölden hade gjort att rikliga mängder blod frusit till is, vilket bildade mörkröda istappar i ett groteskt mönster som spretade åt alla håll.

I dödsögonblicket hade mannens ögon spärrats upp. De stod nu ut ur kraniet som två morbida pingisbollar. Oseende stirrade de rakt på Isak. Han stod på någon meters avstånd och tittade förfärat på liket.

"Vad ... vem ... hur har de där skadorna kunnat uppstå? Vem, eller vad, kan ha gjort det här mot honom?"

Han stammade fram frågorna, chockad och tillfälligt ur stånd att formulera en vettig mening. Fänrik Malm stod lutad mot sina stavar på kroppens andra sida. Med grötig röst sa han, efter att först ha mött Isaks blick:

"Ja, det vete fan. Hade vi varit femtio mil söderut, i stället för mitt i lapphelvetet, hade jag nog sagt björn. Fast såvida inte några mordiska isbjörnar på något mystiskt sätt har flugit ner hit från Svalbard är min fråga samma som din, Isak. Jag har inte den blekaste aning."

"En annan sak som gör mig fundersam", sa Marjo stilla medan hon pekade med staven på området runt kroppen. "Det är hur furiren hamnade här. Ser ni? Det finns inget blod under kroppen. Det betyder att han inte dödades här, utan någon transporterade honom hit efter döden, när blodet redan frusit till is. Det finns heller inga synliga fotspår i snön. Även om vinden drivit lössnö över spåren hade vi kunnat se dem. Nu verkar det som om han … bara damp ner från skyn."

Hon lyfte teatraliskt på huvudet och såg upp mot himlen ovanför dem.

"Hur skulle det ens vara möjligt?"

Det var plutonsbefälet, sergeant Anton Ståhl, som ställde frågan. Tvivlande såg han på Marjo som uppgivet rykte på axlarna.

"Jag har faktiskt inte en susning, Ståhl", svarade hon. "Om fienden har tillgång till helikoptrar är det möjligt att de kunde flyga hit honom. Sedan kanske de vräkte ut kroppen i hopp om att vi skulle hitta den. Som bekant kallas det för psykologisk krigföring. Det är något som ryssarna är rätt duktiga på … om det nu finns något som de kan påstås vara bra på."

Hon gjorde en kort paus medan blicken svepte över det snötäckta landskapet. Därefter sa hon med en eftertänksam ton i rösten:

"Den förklaringen haltar dock på flera punkter, är jag rädd. Med tanke på de akustiska fenomenen här uppe borde vi ha hört en helikopter. Här, mellan fjälltopparna, kan ljud färdas otroligt långt."

"Inte nödvändigtvis", bröt Malm in med en fundersam ton i rösten. "Om de flyger tillräckligt lågt kommer aldrig ljudet ut ur dalarna, samtidigt som snön kan tjäna som en ljudabsorbent. Men hur de kan vara säkra på att vi ska hitta kroppen förstår jag inte? Nu var det bara ren tur att vi gjorde det. Om de visste att vi skulle ta den här vägen, då har de oss redan under uppsikt. Det jag inte fattar är deras syfte?"

Han såg upp och lät blicken svepa över området innan han fortsatte:

"Varför inte bara skjuta och döda oss med en gång, i stället för den här morbida teatern? Det verkar vara lite väl mycket, till och med för ryssarna. Det känns som att det ligger mer under ytan här som vi ännu inte har förstått."

Han tystnade och vände blicken mot Isak. Med ens kändes det som att dussintals ögon betraktade dem i hemlighet. Fienden väntade bara på deras reaktion på det morbida fyndet. Hundratals tankar for under några ögonblick genom skallen innan han slutligen sa:

"Ta hand om hans ID-handlingar. Sedan märker vi upp var kroppen finns. Furir Emerson är tyvärr död och inget vi gör kan få honom tillbaka. Däremot kan det finnas levande personer ur hans förband som är i behov av vår hjälp. Vi övergår nu till ett aktivt stridsuppdrag igen. Tydligen står vi inför en fiende som inte skyr några medel. Därför måste vi vara beredda på deras nästa drag."

Han tystnade några korta ögonblick innan han vände sig mot signalisten med orden:

”Har ni fått tag på staben, eller någon annan? Vem som helst duger i det här fallet. Polisen, fjällräddningen, Lottakåren … Bara någon som svarar.”

Signalisten skakade på huvudet innan han sa:

”Nej, chefen. Det är fortfarande helt dött i etern. Vad det än är som fienden använder sig av är det en sjujäkla stark störsändare. Vi är kort sagt tillbaka på förindustriell tid när det gäller radiotrafiken. Det jag sa tidigare om brevduvor … det är kanske inte en så dum idé, när allt kommer omkring.”

Isak hörde honom, men sa inte högt vad han tänkte. Om hela området verkligen var utstört, då var deras fiende fast besluten att hindra dem från att rapportera vad som pågick. Om så var fallet hade kriget kanske inte brutit ut ännu, men förberedelser för ett anfall pågick aktivt.

Man kunde aldrig riktigt fastslå hur tankarna formades där borta i Kreml. Detta då det ryska psyket var så väsensskilt från hur tankarna ofta gick i västvärlden.

Kanske prövade Ivan en helt ny psykologisk taktik och de var försökskaniner?

Han visste inte, men var tvungen att visa självsäkerhet inför manskapet. Stunden av tvekan var över och nu började hjärnan arbeta.

”Vi fortsätter, men nu i stridsformering. Sprid ut er och skärp uppmärksamheten. Stämmer det att fienden redan spanar på oss kan vi inte veta vad deras nästa handling blir. Kanske blir det ett eldöverfall, eller någon form av gerillataktik. Kom ihåg att vi är bättre än dem. Låt oss visa det nu.”

Isak slängde en sista blick på den misshandlade kroppen innan han gjorde ett lappkast. Med käkarna hårt sammanbitna började han åter att skida mot norr. Bakom honom följde plutonen efter, nu i stridsformering med rejäl lucka mellan soldaterna. Om deras okända fiende ville slå till mot dem skulle de bittert få ångra det beslutet.

De hade hunnit lite drygt tre kvarts kilometer efter det makabra fyndet när de nåddes av ljudet från skottlossning.

Det lät inte som flera vapen. Ljudet var mer som en ensam soldat som sköt mot en fiende som inte tycktes besvara elden.

Eftersom ljudet studsade mellan fjälltopparna var det svårt att exakt avgöra varifrån det kom. Trots det var Isak ganska säker på att källan till skottlossningen befann sig rakt framför dem.

Uppmanande skyndade han på gruppen i samma stund som skotten upphörde.

I dess ställe spred sig en olycksbådande tystnad, vilket på sätt och vis var värre än den intensiva eldgivningen.

Enda anledningen till den abrupta tystnaden, som Isak kunde tänka sig, var att soldaten som skjutit nu var död. Frågan var bara vad, eller vem, som i så fall hade dödat honom?

Kapitel 5

De första tecknen på vad som låg bakom den intensiva skott-
lossningen stod snart klar för Isak. Han stannade till på ett
snötäckt krön och blickade ut i den flacka dalen nedanför.

Från hans position syntes tydligt skidspåren efter Matti.
Det var spår som slutade i en större och flera mindre mörka
fläckar mot den kristallvita snön.

Dessutom var det de enda spår som det orörda snötäcket
visade upp.

Från kullens topp kunde han inte se något som tydde på
vem angriparen var. Inte heller kunde Isak upptäcka någon
kropp. Trots den skylande snödräkten borde han kunnat se
den, om inte annat så genom kikaren.

Dalen nedanför dem var tom, så när som på skidspåret och
de illavarslande blodfläckarna.

"Vad tror du, Malm?"

Isak såg på fänriken som förbryllat studerade dalen genom
kikaren. När han hörde frågan sänkte han linserna. Med en
min av oförstående målad i ansiktet mötte han Isaks blick.

"Jag ... jag vet faktiskt inte", svarade han sedan. "Det är tvi-
velsutan Mattis spår vi har följt. Lika säkert är det blod på
snön, men jag kan inte se någon kropp. Det är som att han
sugits upp och försvunnit i tomma intet. Hur nu det över hu-
vud taget skulle vara möjligt."

"Kan han ligga begravd under snön?"

Fänriken kliade sig på kinden innan han slängde ännu en blick ner i dalen. Sedan sa han:

"Rent teoretiskt skulle det kunna vara så, ifall det hade blåst. Problemet med det antagandet är att då skulle vi inte heller ha Mattis spår att följa. Om han fallit där nere ... då skulle vi se kroppen, Isak. Nu gör vi inte det."

Malm tystnade när rösten för ett kort ögonblick bröts innan han lyckats samla sig för en fortsättning:

"En annan sak som vi heller inte ser är spåren efter den ... eller det som troligen dödade honom. Det får mig osökt att tänka tillbaka på vår döda furir Emerson. Inte heller där fanns det några spår."

De båda männen tystnade medan resten av soldaterna radade upp sig på kammen. Utan att säga något blickade de ner i dalen. Tystnaden bröts först när sergeant Anton Ståhl tog till orda:

"Här kan vi inte stå. Vi behöver slå läger för att få en bättre överblick på läget. På den här sidan kullen är vi i lä, medan det nere i dalen är fritt fram för vinden. Oavsett vad som hänt med Matti är jag rädd för att den utredningen får vänta till i morgon."

Isak drog djupt efter andan innan han vände sig mot plutonsbefälet med orden:

"Ni har rätt. Vi måste slå läger här, men jag vill att fyra man åker ner och inspekterar det faktiska läget vid ... vid fyndplatsen." Han drog på orden, med ens osäker på hur han skulle forma slutet på meningen.

"Det är uppfattat, chefen. Jag sätter Korhonen med tre man på det."

Anton såg ner i dalen och kisade med ögonen innan han fortsatte:

"Kan det vara en halv kilometer dit?"

"Allra minst. Det är svårt att bedöma avstånd på fjället när det saknas tillförlitliga referenspunkter", svarade Isak. "Informera Korhonen om läget och se till att gruppen är beredd på allt. Vi hörde alla hur Matti tömde magasinet, men den enda som verkar ha blivit träffad är han själv."

"Jag ska verkligen se till att de är införstådda med vad som gäller", sa Anton innan han tog sig bort till skyttesoldaterna som stod redo med sina vapen.

Isak såg efter honom några sekunder. Sedan vinkade han till sig korpralerna Marjo Aikio och Ismail Khedr. När de kom fram sa han allvarligt:

"Vi slår läger här för att bättre kunna överblicka situationen. Se till att ha dubbla vakter i samtliga fyra väderstreck. Vi får offra vår bekvämlighet till förmån för säkerheten."

Utan att se ner i dalen bekräftade gruppbefälen att de hade uppfattat. Därefter försvann de kvickt bort till sina respektive grupper. Isak såg mot Korhonen som just sköt ifrån med stavarna över kanten för att försvinna ner för slänten, tätt följd av sina tre kamrater.

"Jag hoppas verkligen att vi får en lugn stund nu", muttrade han för sig själv.

En lång skottsalva slet upp Isak ur sömnen.

Ytterligare skott och rop från soldaterna sa honom att vad det än var som pågick så var det inget bra.

Snabbt sköt han undan bivackens förhänge. På några ögonblick var han ute i den upptrampade snön. Mörkret var, tack vare månen, inte totalt och ett silverglänsande skimmer låg över landskapet.

Snett framför sig kunde Isak se mynningsflammorna från ett vapen. I samma stund som han vände blicken åt det hållet tystnade ljudet.

I stället hördes ett blodisande tjut som abrupt klipptes av. Något slog i marken intill honom med en duns. När Isak vände blicken åt det hållet såg han en AK24. De vita bindlarna hade färgats mörka av vad han förmodade var blod.

Utan att se någon fiende höjde han sitt vapen.

Vad det än var som hänt hade detta redan hunnit med att försvinna. Det tog en stund innan soldaterna hade lugnat ner sig och den sporadiska skottlossningen till slut upphörde.

Efter en del möda lyckades befälen till slut samla gruppen. Noggrant gick man igenom vilka som var närvarande. Efter det rapporterade en synbarligen blek furir Ståhl slutligen till Isak:

"Chefen. Vi verkar sakna tre man ur första och andra gruppen ... som hade vakten i norra och östra delen av lägret. En av soldaterna i vaktgruppen är kvar med oss."

"Vem är det?"

Isaks röst lät matt och spänd på samma gång. Ståhl svalde innan han svarade:

"Det är Anna Westhed, chefen."

"Bra. Då vill jag tala med Westhed. Omgående."

Det tog lite drygt en minut innan soldaten Westhed anmälde sig. Isak kunde med en gång se att den unga kvinnan var skärrad, men samtidigt förvånansvärt samlad. Med sin mest pedagogiska röst sa han:

"Vet soldaten vad det var som hände nyss?"

Westhed mötte hans blick. Omedvetet skakade hon på huvudet. Sedan kom hon på sig själv och sa i stället med darr på stämman:

"Nej, chefen. Jag vet faktiskt inte vad det egentligen var som hände. Ena sekunden var Jens där, precis intill mig. I nästa var han borta, uppryckt av något luftburet. Jag öppnade eld när jag såg ... när jag såg en mörk skugga komma emot mig."

Han spände hörseln för att ta in vad hon sa. Sedan preciserade han sin fråga:

"Vad var det som Westhed såg?"

"Jag såg ... Cthulhu, chefen"

Kapitel 6

Korhonen strök bort några envisa istappar ur skägget. Sedan vände han sina kornblå ögon mot Isak med orden:

"Mattis kropp var mycket riktigt försvunnen. Det enda vi hittade var tomhylsor och blod … väldigt mycket blod. Vad det än var som tog honom skar det förmodligen upp honom på samma sätt som när man benar en fisk. Människokroppen rymmer i runda slängar fem liter blod och jag skulle gissa att minst tre liter låg utspridd där i snön."

Mannen tystnade, som för att samla sig innan han fortsatte monologen:

"Det fanns inga spår av någon angripare. Vare sig runt blodfläckarna eller någon annanstans i dalen. De enda tomhylsor vi hittade var Mattis, men hans vapen är lika försvunnet som kroppen. Jag har i det här läget ingen som helst förklaring till hur det hela gick till, chefen."

Han tystnade och Isak kunde se hur han brottades med vad han skulle säga härnäst. När han slutligen öppnade munnen igen var det med de avvaktande orden:

"Åtminstone ingen som är inom acceptansnivå för det vi normalt kallar vettigt."

"Om vi lämnar de vettiga förklaringarna därhän och i stället utgår från det vi vet och kunnat se och mäta. Vad blir Korhonens gissning då?"

Isak såg på soldaten som på nytt strök handen över skägget innan han svarade med tydlig tveksamhet i rösten:

"Jag är som bekant en storkonsument av skräckfilmer, så visst kan jag hitta på en del skrämmande förklaringar om vad som håller på att ske här, men de strider mot allt vi tror oss veta om universum och vår faktiska verklighet. Jag tycker kanske att sådana spekulationer inte hör hemma … här. Det kan göra mer skada än nytta att trassla in sig i dem."

"Kan så vara, men jag vill höra Korhonen spekulera", sa Isak uppmanande. "Ingen kommer att hålla något emot honom eftersom jag vill ha in åsikter, även om de inte stämmer med konventionerna. Vi måste våga tänka utanför boxen."

En kort tystnad uppstod. Sedan sa Korhonen sakta:

"Det där eldklotet vi såg härom dagen. Vi har utgått från att det var antingen en meteorit eller ett störtande flygplan, men tänk om det var något helt annat."

Soldaten tystnade igen när han på nytt strök sig över skägget, för att sedan fortsätta:

"Tänk om det i stället var ett främmande rymdskepp som av någon anledning störtade mot jorden. Vi står kanske inför en uppretad Xenomorph som inte kan ta sig hem igen. Därför har den heller inget att förlora. Där har vi med andra ord förklaringen till att den löper amok. Vi råkar, så att säga, bara stå i vägen."

Med ens såg Korhonen ut som en liten ensam och rädd pojke som precis väntade på sin livs utskällning från en ilsken förälder. I stället la Isak pannan i djupa veck innan han sa:

"Det du säger ligger kanske inte så långt ifrån den faktiska sanningen. Tydligen såg Anna Westhed något i natt som inte verkar vara av denna värld. Hon beskriver det hon såg som

Cthulhu. Som bekant är det en främmande urtidsvarelse som hör hemma i H.P Lovecrafts verk. Där beskrivs den vara försedd med vingar på en fjällig människoliknande kropp. Samtidigt är huvudet stort och bläckfiskliknande."

Isak tystnade ett kort ögonblick medan han tog in soldatens reaktion på det han just sagt. Sedan fortsatte han:

"Man får kanske ta utsagan med en nypa salt eftersom det var mörkt och allt skedde snabbt. Kollegornas skottlossning bidrog säkert också till att stressen gjorde det svårt att göra en vettig bedömning, men Anna har för mig alltid framstått som samlad. Jag tror inte hon fabulerar. I stället är jag övertygad om att hon faktiskt återger det hon såg, hur otroligt det än kan verka."

"Cthulhu", Korhonen verkade smaka på ordet innan han sa:

"Vingarna förklarar i så fall frånvaron av spår på marken. Även om det inte är en flygande demon vi har emot oss ger hennes vittnesmål ändå någon form av substans till det som sker. Frågan är bara hur den kunnat undgå att skadas av eldgivningen?"

"Det är en fråga som vi får ta itu med när vi har mer att gå på", sa Isak eftertänksamt. "Bara misstanken om att vi kanske strider mot något som har sitt ursprung bortanför vår egen planet är för stunden en tillräckligt stor tugga att försöka svälja. Det här är trots allt verkligheten. Inte en Hollywoodfilm där jagande monster från avlägsna planeter använder människor som jakttroféer."

En kort paus följde innan fänrik Malm bröt in:

"Jag utgår ändå ifrån att det övergripande målet från i går kvarstår. Vi ska fortfarande ta oss fram till nedslagsplatsen för att få ett grepp om vad det är som har störtat. Jag är inte helt beredd på att omfamna den här Xenomorph-teorin riktigt ännu."

Malm såg från Korhonen till Isak och sedan tillbaka på Korhonen som lugnt besvarade blicken när Malm fortsatte:

"Det kan fortfarande vara ryssarna som testar någon ny taktik på oss, kanske en form av en nyligen utvecklad hallucinogen. Det är faktiskt lättare att acceptera än att vi har en flygande, monstruös urtidsvarelse från en hundra år gammal skräckberättelse emot oss. Vi måste även söka samband med B-styrkan för att slå ihop våra resurser och öka oddsen för att lyckas. Frågan är bara om de finns framför oss, eller längre bak."

"Har Virtanen lyckats få tag på någon över radion ännu?"

Korhonens fråga fick Isak att tyst skaka på huvudet när Malm i stället sa:

"Nej. Etern är helt död enligt honom. Ryssarna – för det tror jag att det är i det här fallet – verkar ha en väldigt effektiv störsändare påslagen. Det är en teknik som vi inte har sett tidigare. Vilka frekvenser vi än försöker på går det inte att få tag på någon den vägen."

"Fänriken är helt övertygad om att det är ryssarna? Att de har utsatt oss för en hallucinogen som får oss att se syner som ifrågasätter vårt förstånd? Vi talar trots allt om ett skitland som övergick till att sköta sin logistik med hjälp av hästar och åsnor i Ukraina. För mig låter det inte direkt som de har det tekniska kunnandet att framställa en effektiv hallucinogen av det slag som ni beskriver."

Under en kort tystnad betraktade Korhonen natten omkring dem innan han fortsatte med att säga:

"Då har vi inte diskuterat en vapenbärare som kan leverera doserna till rätt område. Vi har i det här läget heller inte ens försökt kalkylera vad för sorts utrustning det krävs för att så totalt störa ut vår radio över den yta som vi pratar om."

Med tvivlet lysande ur ögonen såg Korhonen skeptiskt på Malm.

"Vapenbäraren kanske var det där eldklotet vi såg?"

Fänriken la huvudet en smula på sned medan han såg på Korhonen, som besvarade blicken utan att vika åt sidan.

"När det exploderade spred det ut en finfördelad aerosol som vi alltsedan dess har andats in i små doser. Moskoviterna kan mycket väl samarbeta med Kina när det kommer till utveckling av den här vapenteknologin. Vi vet med säkerhet att Peking i hemlighet understödde Kremls ukrainska fälttåg."

En kort tystnad, sedan utvecklade Malm sitt resonemang:

"Nu gör de ett fälttest för att utröna hur effektivt det nya vapnet är innan de övergår till att massproducera det. Vi spelar dem rakt i händerna genom att omedelbart börja svamla om utomjordingar. I stället borde vi förbereda oss på en mer jordnära fiende. Därför rekommenderar jag att chefen omgående ger order om tät klädsel och skyddsmask på. Då får vi se om inte synerna börjar försvinna när hallucinogenen sköljs ur systemet."

Isak betraktade Malm några ögonblick medan han övervägde fänrikens råd. Sedan sa han:

"Jag medger att Malms teori låter mer i linje med vad vi kan tänka oss, utan att psyket går i baklås. Samtidigt förklarar den inte frånvaron av spår. Däremot måste vi givetvis pröva alla vägar. Ge order om tät klädsel och skyddsmask. Om det är en aerosol måste vi vidta adekvata åtgärder som skyddar oss mot den."

Malm nickade uppskattande innan han skidade bort till de övriga soldaterna. Medan han gjorde det vände sig Isak mot Korhonen med orden:

"Jag vill att ni stannar kvar ett ögonblick. Jag sa att vi skulle pröva samtliga möjligheter och där ingår även Xenomorph-hotet. Eftersom det av uppenbara orsaker inte finns några prejudikat gällande en sådan situation vill jag veta vad Korhonen anser att vi ska göra."

Soldaten funderade ett kort ögonblick innan han sa:

"Fienden vill helt tydligt splittra oss, vilket är en taktik som troligen är universell. Vi måste därför hålla gruppen samlad. Alltså inga spanare eller annan uppdelning. Hittills verkar den bara ha slagit till under de ljusare timmarna av polarnatten när enstaka soldater har bedrivit framskjuten spaning. I det kompakta mörkret gav den sig däremot på vaktposterna, trots att de jobbade i par. Det gjorde den på grund av att de befann sig avskilda från den större styrkan. Den kanske trots allt fruktar våra vapen, även fast vi inte har några verifierade träffar. En välkänd sanning är att en knuten hand träffar hårdare än en öppen. Därför måste vi samla vår styrka om vi ska kunna utmana det vi har emot oss."

"Kloka ord, Korhonen", sa Isak eftertänksamt. "Jag kommer beordra en taktik som från och med nu håller gruppen mer samlad. Samtidigt måste vi få svar på vem, eller vad, det är vi har emot oss. Vi fortsätter alltså mot nedslagsplatsen, precis som Malm sa."

Kapitel 7

Om det inte varit för de påfrestande omständigheterna hade fjällandskapet runt omkring dem kunnat upplevas som hisnande vackert, men Isak hade sett allt detta förr.

Så här mitt på dagen, när solen normalt stod som högst på himlen, räckte dess sken nedanför horisonten ändå till att sprida ett dovt ljus över fjällvärlden. Detta skapade en mytisk och förtrollad omgivning där den kritvita snön återkastade det lilla ljus som fanns.

Hade han varit civil, och ute på en av sina många turer på fjället, skulle Isak troligen ha stannat upp. Lutad mot stavarna skulle han sedan förundrat ha sett sig omkring, hög på det otroliga landskap som bredde ut sig omkring honom.

I dag var ingen sådan dag.

I stället skidade de fram under tystnad. Spänt spanade de efter alla möjliga former av hot. Deras försvunna kamrater hade inte återfunnits, endast blodspår och delar av utrustningen, men inga kroppar.

Avsaknaden av kroppar la ytterligare bränsle till brasan av manisk skräck för det okända som lurade på dem i skuggorna.

Han kände de välbekanta och djupt obehagliga krypningarna längs ryggraden. Obehaget sa honom att den anonyma mördaren betraktade dem från mörkret. Där planerade den, det, hur den bäst skulle kunna ta livet av dem.

På grund av det krypande obehaget var Isaks tankar upptagna av funderingar kring vad det var som attackerade dem.

Var det verkligen en mytomspunnen kosmisk varelse?

Eller var det som Malm ansåg – ryssar?

Moskoviter, som med hjälp av en science fictionartad hallucinogen gas fick dem att se spöken mitt på dagen?

För honom personligen var det hela lite av ett dilemma. Han ansåg nämligen att bevisen pekade på den mest otroliga förklaringen.

Samtidigt var det bättre för sinnesfriden att tro på den jordnära ryska teorin.

Trots allt fick den inte förståndet att slå knutar på sig själv.

Om man för stunden kunde acceptera att det teknologiskt eftersatta Moskvariket faktiskt kunnat framställa en högt koncentrerad gas. En helt ny aerosol som även i mycket små doser fick folk att masshallucinera, då var den teorin bekväm att luta sig emot.

På så vis slapp man vränga ut och in på det man trodde sig veta om universum, för att i stället omfamna en mer lättsmält förklaring. Uppenbarligen var det så som Malm hade bestämt sig för att göra, vilket Isak hade all respekt för.

Samtidigt förklarades inte hur kamrater hade slitits upp i luften och försvunnit spårlöst. Inte heller förklarade teorin hur den olyckliga furiren kunnat dumpas i terrängen, utan några spår som kunde tala om hur han hade hamnat där.

Ärligt talat hade Isak lättare att acceptera Anna Westheds Cthulhu, än han hade med Malms ryssar. Om grannen i öster verkligen jobbat på en så kraftfull hallucinogen, då borde någon västlig underrättelsetjänst ha lyckats plocka upp det.

Trots allt var det inget som skedde i ett vakuum.

Alla handlingar spred ringar på vattnet. Någon av alla dessa aktiva underrättelsetjänster som levde med örat mot marken borde ha fått nys om vad som pågick.

Var det verkligen så otroligt att det fanns annat liv i universum? Liv som på alla sätt skilde sig från det som de själva var vana vid?

Trots allt fanns det gott om varelser på deras egen planet som gick emot all logik. Det var veritabla monster som enkelt kunde ge vem som helst mardrömmar.

Han kunde utan problem räkna upp flera sådana kreatur. Ett välkänt exempel var marulken. Ett annat var huggormsfisken med sin skräckinjagande käft.

Sedan var det den så kallade havsdraken.

Det var en mycket sällsynt och gigantisk manet med tio meter långa, slemmiga tentakler. Den mardrömmen hade envist lyckats etsa sig fast i hans minne efter att den avhandlats i en naturdokumentär som Isak sett för många år sedan.

Med tanke på dessa mer jordnära monster var det kanske inte så långsökt att tro att det på andra planeter i universum uppstod liknande kreatur.

Det kunde samtidigt vara varelser som utvecklat en intelligens som matchade, eller överskred den mänskliga.

Han kunde inte låta bli att tänka på hur planeten kunde ha sett ut om inte den där meteoriten slagit ner sextiosex miljoner år tidigare.

Tänk om dinosaurierna fått leva vidare och utvecklas. Vad hade det kunnat bli av dem?

Han huttrade till när han framför sig såg en högt utvecklad Tyrannosaurus Rex med betydligt större begåvning än en random skolgårdsmobbare.

Vad var det som sa att det inte gått åt det hållet på andra platser i universum?

Den enda plumpen i tankeprotokollet var de enorma avstånden i rymden. Bara den närmaste stjärnen i Vintergatan, Proxima Centauri, låg över fyra ljusår bort.

Det kanske inte lät så mycket, men motsvarade över hundrafyra miljoner gånger avståndet mellan Jorden och månen.

Att med dagens teknologi resa till Proxima Centauri skulle ta närmare åtta miljoner år i anspråk, varför deras tänkta fiende måste vara bra mycket mer avancerad.

Isak sneglade mot den antracitfärgade himlen medan han funderade vidare i samma banor. Om man lekte med tanken att en utomjordisk art kunde uppnå den otroliga hastigheten av tio procent av ljuset, då skulle resan ändå ta fyrtiotvå år i anspråk. Han antog därför att tid kanske hade en annan betydelse för dessa varelser.

Ett plötsligt rop från täten fick honom att stanna upp innan fänrik Malm med hög röst tillkallade hans uppmärksamhet:

"Isak. Skynda dig hit."

Fänriken lät ordentligt skärrad. Med ena armen lyft viftade han frenetiskt efter Isaks uppmärksamhet.

Hela gruppen stannade chockade upp ett tiotal meter från den skrämmande scenen.

Isak tänkte att det var omöjligt.

Vem ... eller vad, kunde göra detta mot en halv pluton av Sveriges bästa jägarsoldater?

Med matt röst sa Malm:

"Det är de där jävla ryssarna. Det svär jag på. Vem annars hade kunnat göra det här? Är det krig de vill ha, då är det krig de ska få. Något sådant här kan varken vi, eller vår tandlösa regering se mellan fingrarna med."

Den lägre officeren satte stavarna i snön för att åka fram. Med en hand över hans arm höll Isak honom tillbaka. Sedan sa han:

"Vänta ett tag innan ni låter känslorna ta över. Kan Malm i stället försöka beskriva vad det är han ser, bara så att vi kan avgöra om vi ser samma sak. Om det är en hallucinogen, som ni tror, då borde det finnas avvikelser i vad våra hjärnor matas med."

Fänriken rätade på ryggen och drog hörbart efter andan. Efter några sekunders tystnad sa han, med darrande röst:

"Jag ser minst femton, kanske så mycket som arton olika kroppar. Alla är svårt lemlästade och utspridda i en cirkel. Den är uppskattningsvis mellan tjugofem och trettio meter i diameter. Striden, om vi nu kan kalla det hela för en strid, verkar ha utspelat sig med utgångspunkt från cirkelns mitt. Där finns avsevärt med blod, tomhylsor och tappade vapen."

"Det är gott, Malm. Jag ser precis samma sak. Fortsätt nu att beskriva scenen. Vad mer ser vi ... och kanske minst lika viktigt - vad ser vi inte alls?"

Fänriken drog på nytt in andan innan han släppte ut luften med ett pipande ljud. Sedan sa han, så samlad som han kunde bli:

"Jag ser multipla skidspår in i cirkeln, kastade stavar ... men inga fotspår eller andra tecken på en angripare."

Han tystnade några ögonblick innan han på nytt tog upp den tappade tråden:

"Kropparna … det finns inga släpspår fram till dem. Det är som att de har kastats dit av det som dödade dem, men först efter att de blivit lemlästade."

Isak nickade tyst och riktade blicken mot ett huvud som stod upp i snön, vänt mot dem. Man kunde förvänta sig att kroppen var begravd under snön, men han var helt säker på att så inte var fallet.

Bara någon meter bort låg nämligen en huvudlös torso. Han var övertygad om att den hörde ihop med huvudet.

"Om vi var utsatta för en hallucinogen borde vi inte se samma saker", sa han sakta. "I stället borde vi se det som vårt undermedvetna för stunden matade oss med. Dessutom har vi burit skyddsmask i flera timmar. Kan Malm nu acceptera att det kanske finns en annan förklaring än ryssar bakom allt det här?"

Malm vände för första gången blicken mot honom. Med en yvig gest slet han av sig masken och spottade ur sig orden:

"Jag är fortfarande övertygad om att det är ryssarna som ligger bakom allt det här. De är bara mer tekniskt utvecklade än vad jag trodde."

Isak skulle just till att svara, men hans tankar avbröts av ett skräckslaget vrål från kön av soldater bakom dem.

Kapitel 8

Tvärt klipptes skriket av.

En blodisande tystnad spred sig.

Två sekunder senare slet den första skottsalvan sönder den bedrägliga tystnaden.

En djupsvart skugga svepte fram bara ett par meter över Isaks huvud. Han blev varse rörelsen genom vinddraget som fick kläderna att fladdra.

Väsandet av närgångna kulor var nästa besvärande sak han blev medveten om.

Flera soldater öppnade eld i panik.

Kulorna kom aldrig oroväckande nära – bara tillräckligt för att han skulle känna att platsen inte var hälsosam att dröja sig kvar på. Förr eller senare skulle någon panikslagen soldat sikta för lågt. Risken var då stor att man träffade ett mål som inte var skottsäkert.

Med ens färgades världen framför hans blick röd.

Skyddsmaskens linser översköljdes av vad han utgick ifrån var blod.

På ren instinkt kastade sig Isak åt sidan. Ögonblicket efter hördes en dämpad duns när ett föremål slog ner i snön där han nyss hade stått.

Med en häftig rörelse slet han av sig skyddsmasken. Girigt drog Isak ner den kyliga luften i lungorna. Förvirrat klippte han med ögonlocken och försökte greppa vad det var som hände.

Så mycket förstod han i alla fall att han stod på alla fyra och stirrade på det som återstod av korpral Ismail Khedrs kropp.

Eftersom huvudet saknades hade han bara namnbrickan på mannens bröst att utgå ifrån. Klumpigt försökte Isak ta sig upp när han anade ett fladdrande bakom sig.

Sekunden därpå träffades hans hjälm med stor kraft.

Sammanstötningen slungade Isak framåt så att huvudet begravdes i den mjuka snön. Sprattlande försökte han sparka av sig skidorna och komma på fötter.

I samma ögonblick som han lyfte på huvudet grep något med stor kraft tag i honom.

Flämtande efter luft såg han upp och fann sig stirra rätt in i de svavelgula ögonen hos en varelse som trotsade alla försök till beskrivning. Tyst tänkte han att Westhed haft rätt.

Det var verkligen Cthulhu som jagade dem.

I samma stund som han formade den tanken snärtade varelsen till med de tentakler som höll honom. Vrålande for Isak i väg genom luften. Hans analytiska hjärna bedömde höjden över marken till runt tio meter och snötäcket mellan en och två meter djupt. Den översta halvmetern bestod av ganska porös nysnö, medan det undre lagret var hårdare packat.

Mer än så hann Isak inte tänka innan han slog i marken.

Puderfin snö slogs upp i ett vitt moln omkring honom. Kippande efter luft försökte han förstå vad som just hade hänt, men förståndet hängde inte riktigt med. Allt han kunde tänka på var en scen ur filmen Aliens där de sista överlevande marinsoldaterna övermannades av monstren.

Tjugo minuter senare hade gruppen samlats en bit ifrån den makabra slakthusscenen.

Medan soldaterna bildade en igelkott rådgjorde de kvarvarande befälen i cirkelns mitt. En skärrad fänrik Malm ville för hundrade gången försäkra sig om att Isak verkligen mådde bra. Efter att ha meddelat vännen att allt var i sin ordning sa han:

"Nu måste vi jämföra våra berättelser om vi ska få ens en skugga av samförstånd i det här. Vad var det egentligen som hände efter det att Khedr rycktes upp?"

Han vände blicken mot Marjo Aikio som skruvade besvärat på sig innan hon till slut sa:

"Jag stod och pratade med Khedr när det hände, men det hela gick så fort att det var svårt att uppfatta något. Ena ögonblicket stod han där, lutad mot sina stavar, i nästa såg jag bara hans skidor försvinna upp i luften. Jag såg inget mer än en skugga av angriparen, men det räckte. Jag önskar verkligen att jag sluppit se ens det lilla jag såg."

Hon tystnade och rös vid minnet av synen som plågade henne. Under tiden väntade Isak tålmodigt på att hon skulle samla sig innan rösten återvände:

"Det lilla jag hann uppfatta såg ut som en demon ur någon medeltida saga. Den hade svarta, fladdermusliknande vingar och en fjällig kropp med en spetsig svans. Till det kom ett par äckligt svavelfärgade ögon som lyste som fyrbåkar i mörkret."

"Det stämmer rätt bra med vad jag också såg", sa Malm med darrande röst. "Jag vet inte vad det där monstret är, men Korhonen har rätt i att det absolut inte är ryssar. Jag är ledsen Isak, men du och Jukka hade rätt och jag hade fel. Vad det än är som jagar oss så är det något mycket mer skrämmande än några ryska VDV-operatörer. De kan jag förstå, men det här ..." Han avslutade inte meningen.

Isak lät ursäkten sjunka in, sedan sa han:

"Du behöver inte be om ursäkt. Jag förstår dig, Malm. Jag ville nog också att det skulle vara ryssar eftersom det är ett hot som vi kan förstå. Det vi i stället står inför är något helt annat, som vi inte kan skydda oss emot."

Han gjorde en stillsam konstpaus medan blicken fundersamt vandrade bort mot massakern. Efter några ögonblicks tystnad fortsatte han:

"Jag vet inte om varelsen missade mig med flit eller om jag bara hade en osannolik tur. Med tanke på dess precision i de övriga anfallen misstänker jag att den bara leker med mig. En dödlig lek som drivs av en främmande, pervers intelligens."

"Leker? Varför skulle den leka med dig?"

Malm såg oförstående på honom när Isak krängde av sig hjälmen och vände den så att de övriga kunde se.

"När jag kom på fötter efter min ofrivilliga flygtur såg jag det här." Han pekade på en sju centimeter lång och ett par millimeter djup reva i hjälmen. "Den där saken träffade mig här. Vad det än är för material som dess klor är gjorda av är det tillräckligt hårt för att skära genom kevlar. Den vet att det är jag som för befälet och har bestämt sig för att visa sin makt och styrka. Tvivelsutan tänker den spara mig till sist, men samtidigt knäcka mig. Det kanske helt enkelt är så den brukar jaga sina byten."

"Men varför jagar den oss i så fall över huvud taget? Det finns ingen rationell förklaring till denna fientlighet."

Aikio såg frågande på honom och Isak ryckte på axlarna innan han med låg röst svarade:

"Ja, säg det du. Varför leker katten egentligen med råttan innan den utdelar det dödande hugget? Jag vet faktiskt inte, och det är själva poängen i det här resonemanget. Det här är trots allt en främmande intelligens vars verklighetsuppfattning troligen skiljer sig enormt från vår egen."

Isak såg stadigt Aikio i ögonen medan han fortsatte:

"Varelserna kanske är födda till krig, lite som soldatmyrorna i en myrkoloni, eller som klingonerna i Star Trek. Den ... eller de, kanske utforskade Jorden för att förbereda för en framtida invasion. Något gick snett och farkosten störtade, varvid den här varelsen var den enda som överlevde. Den kanske håller oss som skyldiga för sina fränders död."

En kort paus för att hämta andan innan utläggningen återupptogs:

"Jag har bara spekulationer att ge till svar på frågan varför. Den viktigare frågan i sammanhanget är hur vi ska överleva. Vad har vi för möjligheter att komma undan innan vi slutar som de stackars husarerna där borta?"

Han nickade i riktning mot slaktplatsen.

"Deras igelkottförsvar hjälpte dem föga, varför vi bara kan spekulera i hur osårbar den här Cthulhu-varelsen är. Nu vill jag ha massor av förslag på hur vi hanterar situationen, om vi alls ska ha en chans att överleva."

Kapitel 9

Den bitande, subarktiska kölden kändes till och med genom det fodrade ansiktsskyddet, vilket fick kinderna att domna. Isak huttrade medan blicken vandrade mot den molnfria himlen ovanför huvudet.

En sådan stjärnklar himmel såg man aldrig i tättbebyggda områden. Där mattades stjärnglansen av civilisationens ljusföroreningar, vilka gjorde allt till ett grått töcken. Här fanns det däremot inget elektriskt ljus på flera mils avstånd.

Av den anledningen var nattens mörker lika djupt som botten på en mycket djup kolsäck. Om någon ondsint jägare från bortom stjärnorna ville passa på att tunna ur deras flock var detta ett ypperligt tillfälle att göra så.

De hade tagit sig runt tolv kilometer från slaktplatsen innan de valde att slå läger i skuggan av en massiv klippvägg.

I teorin skulle den kunna skydda dem från åtminstone ett väderstreck ... om det nu kunde kallas skydd över huvud taget.

Först hade de dryftat ifall de skulle göra upp eld för att få lite värme, men det föll på två saker. Dels var det korkat att lysa upp lägerplatsen som ett jäkla buffébord. Dessutom var tillgången på ved i princip noll.

I stället hade man trängt ihop sig på så liten yta som möjligt. Tre vakter hade placerats i mitten av den ojämna cirkeln.

Just nu var Isak en av vakterna.

Han ansåg att han som chef måste dela samma villkor som soldaterna. Den utgångspunkten tänkte han stå fast vid så länge de befann sig i denna utsatta position.

Bakom ryggen hörde han hur Aikio trampade med fötterna medan hon slog en åkarbrasa för att försöka hålla värmen. På hans vänstra sida gjorde soldaten Lovisa Ceder samma sak. Själv stod Isak stilla och lät blicken spana av himlavalvet.

Varelsen jagade dem. Det var det ingen tvekan om.

Dessutom var den skicklig, snabb och till synes osårbar mot deras kulor.

Däremot var Isak helt övertygad om att den kunde dödas. Det gällde bara att hitta dess svaga punkt, dess Akilleshäl.

Allt som levde kunde också dö, frågan var bara hur man gick till väga när ens vapen var ungefär lika effektiva som ärtrör och såpbubblor.

Han önskade att de haft ammunition med stålkärna, i stället för de blyfyllda projektiler som var standardammunition. Med pansarbrytande kulor kanske de skulle kunna penetrera varelsens fjälliga skinn.

Trots allt hade Husarerna gjort helt rätt när de samlat sig i ett igelkottförsvar.

Det var bara förutsättningarna som var fel. Något som kollegorna knappast kunde lastas för.

Av tomhylsorna i snön att döma hade minst tusen kulor avlossats, men inte en enda verkade ha träffat rätt. Antingen var deras motståndare för snabb, eller så var den hård mot skott.

Han drog sig till minnes att det var så det en gång kallats när Karl XII tagit sig igenom varje batalj utan att få en skråma.

Fast det hade bara gällt till dess att det inte gällde längre och kungen skadats i foten. I och med den skadan var samtidigt krigslyckan över för karolinerna. Det ödesdigra datumet var den 28 juni 1709 vid Poltava, djupt inne i Ukrainas mitt.

Den skadade kungen bröt förtrollningen och tsar Peters armé kunde slutligen besegra de obesegrade karolinerna.

Om de lyckades göra samma sak med monstret i fråga fanns det en liten chans till överlevnad, trots det dåliga läget.

Det gällde bara att hitta motsvarigheten till den här varelsens kryptonit.

Knappt hade Isak hunnit tänka tanken till slut innan han i ögonvrån anade en skugga. Den var något mörkare än den svarta bakgrunden och svepte ner från himlen med siktet ställt på honom.

Med ett vrål höjde han AK24:an och öppnade eld i samma stund som skuggan vek av från sin kurs. Soldaten Ceder flämtade till när vassa klor högg in i hennes kropp.

Med ett kort skrik slets hon upp från marken. Rent mekaniskt kramade fingret åt runt avtryckaren på den osäkrade automatkarbinen. En lång skottsalva gick av, riktad snett nedåt.

Något skvätte mot Isaks ansiktsskydd.

När han snodde runt såg han Aikio falla handlöst framstupa i snön. Kulorna som avlossats från Ceders vapen hade trots allt funnit ett mål.

Hukande spanade han upp mot skyn.

Samtidigt började de sovande soldaterna komma på fötter. En del var redan beredda, medan andra var tydligt sömndruckna.

Den mörka himlen var åter lika jämnsvart som tidigare.

Korhonen var den som först var framme. Han grep tag om Isaks axlar medan han skrek, för att bryta igenom sin chefs chock:

"Är chefen skadad? Var kommer allt blod ifrån?"

Isak ruskade på huvudet.

Med uppammande av all sin viljekraft återvände han till verkligheten. Han såg ner på snödräkten med stirrig blick. En del av blodet var koagulerat och härrörde från tidigare möten med varelsen, men flera rännilar av färskt blod rann nu ner över bröstet:

"Aikio och Ceder", stammade han fram. "Varelsen tog dem. Jag kunde inte göra något."

"Men du är oskadd?"

Isak nickade. Han var okej, men medan Ceder saknades helt låg Aikio med ansiktet ner i snön. Kulorna hade träffat henne i halsen och skuldrorna där västen inte skyddade.

Troligen hade hon dött direkt.

Projektilerna sprängde hjärtat och punkterade lungorna, innan de orsakade massiva inre blödningar i bröstet.

Nu kom Malm fram och tittade chockad på kroppen innan han vände sin uppmärksamhet mot Isak med orden:

"Vad var det som hände?"

Isak fick för en sekund kväva impulsen att fräsa åt sin fänrik. Det var väl ändå helt uppenbart vad det var som hade hänt?

Det krävdes en djup inre mikrokamp innan han i stället sa med samlat lugn:

"Cthulhu kom från ingenstans. Den svepte ner mot mig, men gjorde en kurskorrigering i sista stund när jag fick upp vapnet. I stället tog den Ceder. Hon … hon avlossade sin automatkarbin på grund av muskelkramp när den högg henne. Skotten träffade Aikio."

Malm föll på knä.

Med ett par fingrar kände han på korpralens hals, sedan skakade han på huvudet och reste sig upp.

"Hon är borta", sa han bara kort.

I sitt uppskärrade tillstånd tyckte Isak att det var dagens dummaste kommentar. Till och med ett barn kunde se att korpralen var död, men ännu en gång lyckades han kväva en olämplig tillrättavisning.

Det skulle vara dåligt omdöme och ett uselt ledarskap att börja hacka på underlydande som bara gjorde sitt jobb. Om de skulle klara av att hålla moralen och hoppet uppe fick han som ledare inte börja med att söndra gruppen inifrån på det sättet. I stället sa han:

"Vi har någonstans mellan fem och sju kilometer kvar till nedslagsplatsen. Vi fortsätter omgående mot målet. Vår motståndare vet ändå var vi är. Förmodligen kommer han, eller den, att återvända inom kort. Om vi är i rörelse ... i formation skithög, kanske det försvårar för den att komma åt oss."

Malm betraktade tyst Aikios kropp och sedan blodet i snön där Ceder hade stått. Först därefter svarade han på Isaks utläggning:

"Jag är beredd att hålla med chefen på den punkten. Vi måste få en bättre bild av vår motståndare. Förhoppningsvis kan vraket ge oss något att gå på."

Han skulle just vända sig om mot gruppen för att ge ordern när något slog ner i marken, mitt bland soldaterna.

Kapitel 10

Med en dov duns slog föremålet ner i den packade snön.

Flera av de närmaste soldaterna kastade sig skrikande undan i tron på att det var ännu en attack från deras nemesis.

Själv hoppade Isak högt, spänd som han redan var.

Mekaniskt höjde han vapnet för att möta attacken, sedan förstod han att det inte var den hotfulla varelsen som landat. I stället för ännu en leverans av ond bråd död var det de blodiga resterna av en människokropp. Isak insåg att det inte kunde vara någon annan än den förlorade soldaten Lovisa Ceder.

Den stympade kroppen saknade huvud, höger arm och en stor del av vänster ben under knät. Torson var uppriven, som om varelsen i rent hat gått lös på den med allt den hade för att stilla sin blodtörst.

Det gick knappt att se att detta hade varit en vital och högst levande människa bara några minuter tidigare.

Så illa hade monstret gått åt stackars Ceder. Man kunde bara hoppas att hon hade dött först och blivit lemlästad sedan.

Bara tanken på den smärta och skräck som hon måste ha känt, innan döden kom som en befriare, fick magen att vända sig ut och in på Isak. Med ett gurglande vände han sig åt sidan och spydde i snön.

Efter att ha tömt ut det mesta av maginnehållet rätade han på sig, blek i ansiktet. Med en äcklad min torkade han sig kring munnen innan han tog ett par djupa andetag.

Först därefter gick Isak fram till det som återstod av Ceder. Tyst ställde han sig över henne och betraktade med stigande ilska kroppen. När raseriet hade lagt sig något sa han, med ostadig röst:

"Täck över Ceder och Aikio. Sedan märker vi ut på kartan var deras kroppar befinner sig, så att vi kan hämta dem senare. När det är klart ger vi oss av härifrån, fort som fan. Vad den här varelsen än är för något, så är den sannerligen också en mästare på psykologisk krigföring. Vi måste hitta något som den själv fruktar och sedan utnyttja detta till vår fördel."

Missmodigt lät han blicken vandra upp längs klippväggen. Det hade varit med missriktad övertygelse som han hoppats att klippan skulle skänka dem lite skydd.

Deras fiende hade inte påverkats det minsta av det massiva hindret.

I stället verkade det som att berget hade utgjort ett strategisk skydd för varelsen, snarare än för dem.

Någonstans där ute i det snötyngda landskapet fanns den, Cthulhu, eller vad de nu skulle kalla den. Säkert betraktade den dem just i detta ögonblick, nöjd med deras reaktion på det senaste mordet. Med ondskefulla planer lade den upp sin strategi. Avsikten var med önskvärd tydlighet att utplåna varenda en av dem på det mest utstuderade och grymma sätt.

Osökt kom Isak att tänka på gamla tiders straffskala. Där bestraffades särskilt svåra brottslingar med stegling, för att vara androm till skräck och varnagel.

Här verkade det som att varelsen sände samma budskap, kopplat till löftet att deras tid snart skulle komma.

För de jagade var det omöjligt att veta när varelsen skulle slå till nästa gång. Känslan av hopplöshet eldade effektivt på den skräck som både han själv och de övriga soldaterna nu kände allt tydligare.

Den bevingade demonen skulle slakta dem alla.

Ingenting de gjorde kunde ändra på detta skrämmande faktum.

Isak funderade på om samtliga husarer redan hade blivit dödade. Kunde det finnas överlevare utspridda på fjället?

Det hade varit en halv pluton som slaktats tidigare. Om B-styrkan hade delat upp sig i två hälfter, då kanske det fanns husarer kvar där ute i det vidsträckta landskapet. Soldater som liksom de själva försökte undkomma den okända mördaren.

Han tog några steg åt sidan när två av jägarsoldaterna kom med ett par filtar som de bredde ut över kropparna. När den processen var avslutad sa han, med en så stadig röst som han för stunden kunde uppbringa:

"Den här varelsen överlevde kraschen mot Jorden. Vi vet inte om den var ensam på sitt skepp, eller om den hade en besättning utöver sig själv. Det vi däremot vet är att den kan flyga och är ett dödligt hot mot alla människor den kommer i kontakt med."

Han svalde innan han på nytt tog sats:

"Vi såg alla vad den gjorde mot Husarerna och vad den gjort mot våra kamrater. Kulor verkar bara irritera den, frågan är hur den klarar av pansarskott."

Han gjorde ett kort uppehåll för att understryka det han just sagt och rikta uppmärksamhet på det han skulle säga:

"Jag vill att vi tar oss fram de sista kilometrarna till nedslagsplatsen i samlad grupp, men med fyra skyttepar med pansarskott. Om den jäveln kommer kanske vi kan bjuda den på lite tyngre artilleri än enbart 5,56."

Den militärt korrekta benämningen på deras fortsatta avancemang var formation skithög, men trots det fanns ett system i kaoset.

Till det yttre skidade gruppen fram i en oformlig och löst sammanhållen cirkel, med endast någon meters lucka mellan individerna. Deras skickligaste skyttar var däremot placerade i cirkelns ytterdelar. Samtliga hade sina pansarskott lätt åtkomliga, medan soldaterna som drog slädarna var placerade i mitten.

Där skulle de vara skyddade.

Åtminstone var det tanken rent teoretiskt.

På så vis hoppades Isak att de skulle kunna bita ifrån sig lite bättre nästa gång som främlingen anföll. Innan avmarsch hade de haft en snabb diskussion om vad de egentligen skulle kalla motståndaren, eftersom Cthulhu bara lät så fel.

Det var Malm som fält avgörandet när han sagt att *främlingen* var det ord han nog själv föredrog, och så fick det bli.

Trots allt var Cthulhu redan upptaget. Samtidigt kunde namnet föra tankarna till Lovecrafts svarta och kosmiska fantasi, snarare än till det mycket reella hot som de faktiskt stod inför.

Isak suckade tungt medan han spanade över landskapet. På deras högra sida reste sig en brant fjälltopp ett par hundra meter över den dalbotten de just färdades igenom. Toppen avslutades i sin tur med ett överhäng av is.

Om överhänget släppte kunde dalen nedanför mycket väl svepas över av en lavin som skulle krossa dem alla.

Isak hoppades att främlingen inte kom på idén att utlösa den lavinen.

På något sätt trodde han inte att det var varelsens avsikt. Den var av allt att döma där för att jaga. Att utlösa en lavin som dödade hela bytet på en gång var inte någon sport.

I samma andetag kom han att tänka på en österrikisk-amerikansk skådespelare och tidigare kroppsbyggare. Mannen hade en gång spelat en ikonisk roll där han gestaltat en specialsoldat. I en odefinierad djungel mötte hans team en okänd motståndare.

Det var en skicklig jägare som bara gav sig på beväpnade byten, eftersom det var poängen med jakten.

Om samma sak gällde deras egen främling skulle den ge sig på dem en efter en, tills det bara återstod en ensam överlevare. Av någon anledning kände Isak på sig att det var han själv.

Främlingen var absolut inget djur, utan bar snarare på ett iskallt intellekt. Den drevs av en vilja att döda sina offer på blodigast möjliga vis, för att sända ett klart definierat budskap till de övriga.

Om det var ett tillstånd som var en del av rasens livsfilosofi, eller bara något som uppstått i denna situation, var givetvis omöjligt att veta. Ifall de verkligen var jägare fanns det kanske ett sätt att förstå och förutsäga dess blodtörstiga handlingar.

Motståndaren var trots allt en främling i den här världen. Som en sådan drevs den troligen av helt andra motiv än de som människor kunde förstå. Däremot, om den agerade som en jägare, borde de kunna förutsäga några av dess rörelser.

Precis som en tiger jagade sitt byte, försökte även denna jägare att separera det ensamma villebrådet från flocken. Det var ett universellt sätt att jaga för att enklare kunna nedlägga bytet.

Det som skavde i det resonemanget, tänkte Isak moloket, var det faktum att en halv pluton husarer verkade ha slaktats när de stred tillsammans i ett ordnat försvar.

Tydligen hade varelsen kommit till en punkt där den snabbt måste göra sig av med en flock, för att i stället kunna ta upp kampen med nästa. Som det verkade var numerär alltså ingen given fördel.

Isak svepte åter med blicken över det dunkla landskapet. Längre fram på deras vänstra sida såg han en frusen sjö breda ut sig. Det var kanske väl pretentiöst att kalla den lilla vattensamlingen, stor som fyra fotbollsplaner, för en sjö. Den var i vart fall större än en damm, om det nu hade någon betydelse.

Sjöns motsatta strand bestod efter vad han kunde se av en långsam höjning upp mot nästa fjälltopp. Flera klippblock, kvarlämnade av inlandsisen tio årtusenden tidigare, låg utslängda mellan berget och sjön.

På den normalt sett snöklädda strandbrinken syntes det nu ett stort svartbränt område med nakna, spruckna klippblock där snön smält undan på grund av den intensiva värmen vid kraschen.

De hade hittat nedslagsplatsen.

Kapitel 11

Sektor 14

Dag 4

Bortsett från det faktum att det bumerangformade skeppet hade brutits i två större delar, var återstoden förvånansvärt intakt – åtminstone efter vad Isak med sin lekmannablick kunde bedöma.

Han utgick helt enkelt ifrån hur han föreställde sig att det oskadade skeppet en gång hade sett ut.

Däremot var det ingen liten farkost det handlade om. Sannolikheten att besättningen bara skulle bestått av en ensam individ var därmed i det närmaste obefintlig.

Efter ett snabbt överslag bedömde han att skeppet i sin helhet, från hörn till hörn över den kurviga ytan, var minst tre hundra meter brett och fem våningar högt.

Det var då räknat utifrån mänskliga mått.

Efter det lilla de hade sett av främlingen var besättningen troligen avsevärt längre än människor. De var kanske så mycket som tvåhundra femtio centimeter eller däromkring, vilket gjorde att antalet däck borde vara färre än fem.

Den ena delen av skeppet hade efter nedslaget kanat upp ett par hundra meter längs fjällsluttningen. Där låg den nu med vad en flottist skulle kalla för svår slagsida. Andra halvan var troligen den del som krossat isen och därigenom fått sin hastighet ordentligt nedbromsad.

Den tillfrusna rännan visade tydligt hur skeppet skurit sig ner genom isen. Sannolikheten var stor att man träffat botten med rejäl kraft och i hög fart. Efter den katastrofala markkontakten slungades det sönderbrutna vraket upp på stranden, tillsammans med en ansenlig del av sjöbotten.

Nu låg resterna av rymdskeppet till vila i slammet på den smala slätten. Därefter tog fjället vid och kastade sin mäktiga skugga över olycksplatsen.

Det främmande skeppets yta var mattsvart till färgen, men drog samtidigt något mot djupgrönt. Skrovstrukturen var ingalunda slät. I stället fylldes den av luckor och utbyggnader med okänt syfte. Han kunde även se en uppsjö av vad han trodde var olika sorters antenner som stack ut likt taggarna på ett piggsvin.

Åter en gång gjorde Isak sitt antagande utifrån okunskapen om hur skeppet sett ut före det katastrofala inträdet i jordatmosfären.

Fundersamt vände han sig om. Blicken sökte sig mot sjöns motsatta sida där flera taggiga bergstoppar sköt upp mot himlen. Efter några ögonblick insåg han att farkosten måste kommit in över fjället i en ganska flack och låg bana.

Den första riktigt brutala markkontakten hade det fått mot fjälltoppen några kilometer bort. Troligen hade skeppet först träffat den övre delen av glaciären, för att sedan studsa på samma sätt som en flat sten mot en blank vattenyta.

Utan problem kunde han föreställa sig hur det gått till när kraschen var ett faktum. Efter smällen mot glaciären hade skeppet troligen wobblat vidare innan det med stor kraft slog ner i sjön. Det redan försvagade skrovet bröts därmed sönder innan delarna slungades i väg.

Om några i besättningen mot förmodan hade överlevt den första markkontakten, skulle denna andra smäll ha varit den slutliga dödsstöten.

Isak ville helst inte tänka på hur många G varelserna utsatts för då.

Med tvivlande blick såg han på Malm och sa:

"Jag tror härmed att frågan huruvida vi är ensamma i universum är besvarad, en gång för alla."

Malm gav honom en outgrundlig blick innan han svarade:

"Till och med jag måste tillstå att du har rätt där, Isak. Hur stor tror du besättningen var innan allt gick åt skogen?"

Isak granskade på nytt vraket med sin kalkylerande blick innan han sa:

"Hade det varit ett lastfartyg här på Jorden skulle jag ha gissat på mellan tjugo och trettio man. Däremot törs jag inte gissa hur stor besättning en så pass främmande civilisation kan behöva."

Han gjorde en kort paus medan blicken vandrade mellan vrakdelarna. Sedan sa han dröjande:

"Troligen är de fler än en. Frågan är bara i vilken utsträckning de utnyttjar sig av robotar och artificiell intelligens."

"Då är i så fall min fundering om vår antagonist är den enda överlevande ur denna besättning? Eller finns det fler av de här demonerna som cirklar runt oss i detta ögonblick."

Den illavarslande kommentaren väckte en gnagande olustkänsla i Isak. Automatiskt såg han sig omkring på den mörka omgivningen, vars skuggor tycktes krypa obehagligt nära. Det var inte svårt att föreställa sig hur skuggorna dolde varelser med oljiga tentakler och vassa huggtänder.

Han svalde tillfälligt sin nervositet innan han sa:

”Enda sättet för oss att få reda på det är att ta oss in i skeppet. På så vis kan vi undersöka saken och skaffa oss fördelar. Vi delar upp oss i två grupper och tar var sin del. Du Malm leder grupp två. Själv tar jag grupp ett och undersöker den andra halvan.”

Malm kisade bort mot skeppet på fjällsidan med en bekymrad min innan han pekade och sa:

”Okej, det är uppfattat. Vi tar den där delen. Den ser ut att ropa efter mig. Chefen får ta det trasiga bihanget som ligger där nere och ser ut som en trånande oskuld.”

”Gott. Då är det alltså uppgjort.”

Isak drog djupt efter andan eftersom han absolut inte hade någon större lust att sticka in näsan i ett främmande rymdskepp. Han hade sett alldeles för många science fiction filmer där sådant inte slutade väl.

Samtidigt insåg han att de inte hade något val. Åtminstone inte om de skulle kunna få någon klarhet i hur de skulle försvara sig mot vad det nu var som jagade dem.

Snabbt delade de upp sig innan Malms grupp började gå mot det sönderbrutna vraket på fjällsidan. *Strandvaskaren*, som Isak i tysthet börjat kalla deras vrakdel, låg ett sjuttiotal meter bort.

Området runt skeppet bestod av barmark, vilket avslöjade den rikligt steniga stranden. Under större delen av året låg denna gömd under vinterglaciärens snö, men nu hade den tittat fram när hettan från vraket smält undan all is.

När de stod nedanför *Strandvaskaren* såg de upp längs den sluttande ytan. Isak kunde i det ögonblicket inte hjälpa att han kände sig som en liten insekt som ställdes mot en ilsken tjur.

På något sätt vibrerade det främmande skrovet av en inneboende ondska som han inte kunde förklara.

Det sparsamma ljus som polarnatten erbjöd verkade sugas upp av skrovplåtarna. Detta lämnade dem i den mörkaste skugga han kunde erinra sig att han fångats i under hela sitt liv.

Den påminde honom om barndomens överväldigande mardrömmar. I dessa hade han flytt från en okänd ondska, utan att någonsin komma i säkerhet.

Det var samma känsla han hade nu. Skillnaden var att det den här gången inte var någon mardröm som han skulle kunna tvinga sig själv att vakna upp ifrån.

Sammanbiten lät han blicken löpa över den svarta metallen innan han sa, med en röst som hade förlorat all sin skärpa:

"Hjälp till och leta efter en öppning så vi kan ta oss in i den här förbannade skapelsen."

"Är vi verkligen säkra på att vi vill hitta en väg in? Det känns lite som att spela tärning med djävulen,"

Anton Ståhls röst var en direkt spegling av Isaks upproriska inre.

"Vad är det som säger att det inte finns en armé av varelserna där inne? De kanske bara väntar på att få utlopp för sin blodtörst, med oss som spelpjäser."

Med en kort blick på sergeanten svarade Isak:

"Det finns inga garantier att detta inte blir vårt *Nostromo*. Tyvärr är jag rädd för att vi inte har mycket att välja på."

"Underbart", fnös Ståhl sarkastiskt. "Jag älskar verkligen att du refererar till *Alien*. Du vet väl vad som hände med besättningen i den filmen?"

"Jo, jag vet. Jag har säkert sett den hundra gånger", svarade Isak med neutral röst. "I så fall undrar jag hur stora våra chanser är på fjället? Vi såg hur det gick för husarerna och våra kamrater. Våra vapen saknar helt effekt på den här varelsen."

"Hur man än vänder sig så nog har man arslet bak", muttrade Ståhl sarkastiskt medan han med kritisk blick såg upp längs skeppet.

Efter några ögonblick pekade han framåt och fortsatte:

"Det ser ut att finnas en mörkare rektangel där borta. Det kanske är en öppning in till helvetet. Om inte Kerberos väntar på oss där kan vi komma in den vägen."

Med kisande blick följde Isak den utsträckta armen. Högt upp på det kalla skrovet såg han det som Ståhl redan hade sett, en mörkare skugga i allt det svarta.

Med lite otur var det öppningen de sökte efter.

Kapitel 12

Sektor 14
Dag 4

Den mörka rektangeln visade sig leda till ett hangarliknande utrymme. Inne i hangaren hade minst en mindre farkost befunnit sig när skeppet störtade genom atmosfären.

På grund av slagsidan lutade golvet mot skeppets centrum. Därför låg den mindre farkosten intryckt i ett hörn längst in i hangaren.

Den accelererande dykningen mot jordytan hade lett till svåra vibrationer. Dessa hade i sin tur förstärkts exponentiellt vid kontakten med fjällglaciären.

Allt som en gång legat löst var nu utspritt över hangargolvet. Isak blev stående för att fundersamt titta på något som i viss mån påminde om en överdimensionerad surfingbräda. Dess funktion kunde han däremot inte lista ut.

Nyfiket gick han ner på huk för att studera brädan närmare. I samma stund ropade Ståhl med hög röst:

"Isak. Du måste komma och titta på landaren. Det är något intressant med den här grejen som kan vara av betydelse för oss."

Han rycktes abrupt ur sina funderingar och tittade upp mot sergeanten. Mannen hängde ut genom det mindre skeppets bakparti och vinkade ivrigt.

Med en sista blick på surfingbrädan reste sig Isak innan han började ta sig bort till sergeanten.

”Vad är det, Ståhl? Har du hittat Graalen?”

”Nej, inte riktigt så fantastiskt, men nog så viktigt”, blev det allvarliga svaret. ”Kom in ska du få se något intressant.”

Ståhl vinkade honom till sig, samtidigt som han lämnade plats i öppningen så att Isak kunde ta sig upp på den sluttande rampen.

Mödosamt klättrade Isak över bråte som låg i vägen. Till slut kunde han ta sig upp på luckan till den väntande sergeanten. När han väl stod där såg han förbi Ståhl, in i skeppets begränsade lastutrymme.

”Vad påminner dig det här om?”

Ståhl gick fram till en anordning som såg ut att vara svetsad i golvet.

”Om jag inte visste bättre skulle jag säga att skeppet är en fångtransport”, svarade Isak dröjande.

Med blicken sökte han av ytterligare fem likadana anordningar som trängdes i lastrummet, tre på varje sida.

”Det är precis min tanke också”, svarade Ståhl med allvaret tydligt speglat i rösten. ”Det här måste vara någon form av handjärn som låser fast fången vid stången. Liknande grejer vid golvet. Sedan har vi den här glittrande ringen i taket. Det skulle kunna vara någon form av kraftgenerator för att resa en skyddande sköld runt fången.”

”Så vi har alltså ett intergalaktiskt fångskepp som av okänd anledning störtat mot Jorden?”

Isak drog en djup suck. Blicken svepte över skeppets insida, men han kunde inte identifiera så mycket av det han såg.

”Främlingen kan med andra ord vara en av fångarna som överlevt och rymt. Nu tar den ut sin hämnd på oss? Varför gör den i så fall det? För att vi råkar vara de enda levande varelser som finns inom bekvämt hämndavstånd?"

"Det är en rätt stor chans att det är det korrekta scenariot", svarade Ståhl och mötte hans blick. "Det borde också betyda att det finns vapen ombord på den här rymdfärjan. Vapen som kan döda varelsen … eller varelserna."

Han tystnade och såg fundersamt ut över Isaks axel. Under några sekunder svepte blicken över hangaren innan den på nytt fästes på Isaks ansikte:

"Säkerhetsföreskrifterna borde ha sagt att vapnen måste förvaras utom räckhåll för fångarna. Med andra ord måste vi försöka hitta deras vapenkassun."

"Det kanske blir lättare sagt än gjort", muttrade Isak." Skeppet är förbannat stort. De kan ha förvarat bössorna var som helst. Kom ihåg att det här är en civilisation som vi inte vet något alls om. De kan ha helt andra preferenser än vi ens kan gissa oss till."

Han tystnade och såg ut genom bollhavets lucka innan han fortsatte:

"Däremot tror jag inte att de förvarade vapnen i hangaren. Det är ologiskt och logik borde vara en viktig bundsförvant till en så pass avancerad civilisation som det är fråga om här."

Ståhl såg fundersam ut, som om han betraktade Isaks teori från alla upptänkliga synvinklar. Till slut sa han:

"Du kan ha en poäng där. Det betyder däremot inte att vi bara ska ge upp. Låt oss gå på tur genom det här vraket och se vad vi kan hitta."

De lämnade landaren och tog sig ner till hangargolvet. Med ett uppmuntrande leende såg Isak på soldaterna som stod och förundrat såg sig omkring. Med hög röst sa han:

"Om Ståhl har rätt är detta en intergalaktisk fångfärja. Därför anser vi att vakterna var beväpnade. Vi måste alltså hitta var de förvarade sina vapen. Jag vill inte ha ryggen oskyddad medan vi letar. Därför lämnar vi tio man kvar här som vaktar ingången."

Han tystnade kort medan blicken svepte över manskapet. Sedan fortsatte han med orden:

"Ni riggar upp de portabla lamporna så att det blir mer än ledljus här inne. Jag vill däremot inte ha ljuset riktat direkt mot öppningen. Onödigt att annonsera var vi befinner oss."

Efter en menande blick mot Virtanen fortsatte Isak:

"Jag vill ha minst två ksp-skyttar, samt två skyttegrupper med pansarskott. Resten följer mig och Ståhl."

Snabbt delade man upp vilka som skulle få vaktuppdraget. Med det gjort gick de mot en port i den bortre hangarväggen.

Isak noterade att det i dörrkarmen satt samma sorts glittrande list som inne i landaren. Alltså kunde hangaren stängas med en kraftbarriär i stället för en vanlig dörr.

Vidare noterade han att hålet var närmare tre meter högt och fem meter brett, nog för att kunna köra igenom med ett fordon.

På andra sidan kom de ut i ett stort öppet rum. Utrymmet hade nästan samma dimensioner som en ishockeyrink. Det sträckte sig dessutom flera våningar upp genom skeppet. Längs de breda stålbalkongerna syntes flera mörka öppningar in till vad Isak gissade var celler.

När blicken svepte över golvet såg han flera kroppar av olika arter. Somliga med utseenden som skulle ge känsliga personer mardrömmar.

Trots de morbida skapelserna var det fascinerande att se hur evolutionen upprepade samma mönster. Även fast olika civilisationer skildes åt av eoner av ödslig tomhet var många av grunddragen samma.

I ett av hörnen upptäckte Isak en gallertrappa till nästa våning. Han pekade mot den och drog med sig Ståhl, samtidigt som han beordrade hälften av männen att följa dem.

Den andra halvan fick uppdraget att undersöka de döda kropparna i jakt på vapen eller annat som kunde hjälpa dem.

Trappans steg var enorma och de fick mer klättra än kliva upp till nästa våning.

När han tittade in i den första cellen såg Isak en varelse som han verkligen hoppades var död. Den såg visserligen inte ut som deras främling, men det han såg var illa nog.

Den här livsformen liknade mer en insekt av släktet *Formicidae,* även känd som myra.

Till skillnad från sina mer beskedliga artfränder på Jorden var denna insekt minst tre meter lång. De tre kroppsdelarna bands samman av tjocka kitinliknande leder, medan de sex benen garanterade att ingen tvåbent kunde springa ifrån denna mardröm.

Det som var varelsens ansikte omgavs av två sågtandade gripklor för att kunna hålla fast ett sprattlande byte.

"Fy fan. Vad är det där?" utbrast Ståhl äcklat när han ställde sig intill Isak och tittade in på varelsen.

"Jag antar att det var en fånge", svarade han fundersamt. "Förhoppningsvis en väldigt död sådan. Speciellt med tanke på dess utseende."

Isak pekade mot insekten och fortsatte:

”Det ser ut som en skottskada där på mittenkroppen. Jag antar att det uppstod någon form av bråk här. I vilket fall som helst skulle jag inte vilja springa på ett levande exemplar av den här snubben en mörk höstkväll.”

”Nej, fy för den lede. Vi får verkligen hoppas att han har lämnat in för gott,” rös sergeanten. ”Den där killen påminner mig om den gamla skräckfilmen *Them*. Som barn skrämde den skiten ur mig, vilket har gett bestående men.”

Ståhl vände sig bort och gick fram till nästa cell. Snabbt kunde de konstatera att den var tom.

En halvtimme senare hade de identifierat minst sex olika arter, alla var främmande och mycket döda. Ingen av dem påminde ens avlägset om främlingen. Konfunderad såg sig Ståhl omkring innan han sa:

”För att sammanfatta läget lite snabbt. Vi har alltså hittat en massa döda utomjordingar. Några av dem uppvisar skador som kan härröra från någon form av energivapen.”

Han svalde och fortsatte sedan:

”Däremot kan vi inte se några spår av deras väktare. Frågan är då vart de kan ha tagit vägen? Vad var det egentligen som hände här, eftersom flera av de döda befinner sig utanför cellerna?”

”Som jag spekulerade i tidigare”, sa Isak tankfullt. ”Det kan mycket väl ha varit någon form av fånguppror som har spridit sig som en löpeld genom resten av skeppet. Något som även kan förklara varför de förlorade kontrollen och kraschade.”

”För att de skulle tappa kontrollen behövde striderna i så fall flytta sig bortom själva cellavdelningen.” Ståhl såg sig omkring. ”Det finns två dörrar som leder ut härifrån. Vilken ska vi ta?”

Isak skulle till att svara, men hann aldrig så långt.

Utifrån hangaren hördes i stället ljudet av intensiv skott-lossning från både kulsprutor och handeldvapen.

Alla snodde runt mot det fruktade ljudet som bara kunde betyda en sak.

Nämligen att främlingen var tillbaka.

Kapitel 13

Sektor 14

Dag 4

Ett vrål fyllt av både smärta och skräck ekade mellan de kala väggarna i hangaren.

Ekot klingade av i samma stund som Isak rusade ut ur den korta korridoren. Precis före porten stannade han och höjde en knuten hand.

När alla hejdat sig såg han in genom öppningen.

Det var som om portarna till Helvetet öppnats på vid gavel och släppt ut alla demonerna. Det tog honom flera dyrbara sekunder att identifiera vad som egentligen hände där inne, och det var absolut inget bra.

Den portabla belysningen var krossad. Hangaren var i och med detta försänkt i ett kompakt dunkel. Det enda som lyste upp skuggorna var soldaternas mynningsflammor.

Dansande, diffusa skuggor spelade över väggarna. Scenen påminde Isak om ondskefulla helvetesryttare ur något av den franska artonhundratalskonstnären Gustave Dorés verk.

Häpen stannade han mitt i rörelsen. Som förtrollad stirrade Isak på det mardrömslika skådespelet framför honom.

En skugga for fram genom luften.

Den var för diffus för att det skulle gå att se några detaljer, men hade en distinkt aura av ren ondska svept omkring sig.

Det behövdes inte mycket fantasi för att förstå att detta var främlingen. Väsendet hade nu valt att gå till konfrontation med människorna, i stället för att plocka enstaka individer.

Som hämtat ur en febersjuk dröm noterade Isak hur en av soldaterna sköt i ett nytt magasin i sin automatkarbin. Sedan tog mannen sikte på den flygande demonen.

Varelsen tycktes instinktivt känna av soldatens avsikter när mynningen följde den. Utan brådska dök den ner mot dörren i samma stund som soldaten öppnade eld.

Främlingen siktade in sig på Isak som stod fastfrusen i dörröppningen, tillfälligt ur stånd att ta in situationen. Han skulle tveklöst ha dött där om inte Ståhl rusat fram för att ge sin chef en hård knuff.

Det skedde sekunden innan vapnet riktades mot dörren. Svärmar av hett bly spyddes ut som Egyptens gräshoppor.

Isak hann se hur Ståhl ryckte till och dansade runt som om han var en marionettdocka. Sedan föll han till golvet när kontakten mellan hjärnstam och kropp klipptes av.

Varelsen trumpetade på ett sätt som Isak tolkade som ett djävulskt hånskratt, vilket fick nackhåren att resa sig. Främlingen hade planerat det hela och fått exakt den effekt som den varit ute efter.

Med ens blev det kusligt stilla när den bevingade fasan flög ut genom porten och försvann ur synhåll.

Det gick flera sekunder av tystnad innan någon började jämra sig. Samtidigt försökte de oskadda soldaterna fatta vad som just hade inträffat.

Med ryckiga rörelser tog sig Isak på fötter. Sakta haltade han fram till Ståhl som låg där han fallit. Blod rann från huvud och hals och färgade det mörka golvet rött.

Det behövdes bara ett ögonkast på kroppen för att konstatera att mannen var död, skjuten i ansiktet och genom halsen.

När han lyfte blicken för att försöka ta in omfattningen av katastrofen hade han svårt att urskilja några detaljer. Hangaren var mörk och det enda ljuset kom från stjärnorna på natthimlen utanför.

I vart fall kunde han urskilja att tre av de ursprungliga tio soldaterna ännu stod upp. Av de kvarvarande sju saknades minst två.

Samtidigt verkade inte de överlevande riktigt förstå var de befann sig. Förvirrat såg de sig omkring, darrande som asplöv.

Isak förstod att de var i chock, vilket inte var särskilt konstigt. Ingen träning de fått under det senaste året kunde ha förberett dem på detta. Han hade själv svårt att tro på att det var sant, men främlingen hade utan problem slaktat en tredjedel av dem.

Varelsen verkade dessutom njuta av våldet. Det var som att den livnärde sig på att tillfoga andra skräck och lidande.

Efter en taktisk reträtt tillbaka in i fängelseavdelningen såg Isak sorgset på de överlevande.

Just nu var de en bruten skara människor som precis sett sina kamrater dödas. Det var som om de inte varit mer än irriterande insekter för den blodtörstiga främlingen.

På något sätt måste han injaga ny kämpaglöd i dem.

Eftersom han själv kände sig tom var det däremot svårt att hitta den pondus som behövdes. Vad han måste göra var att sträcka sig djupt in i sig själv för att hitta sin egen kärna. Utan att vara jordad i den kunde han aldrig få manskapet att hitta sin styrka.

Med monoton röst sa han:

”Vi måste på något sätt försegla dörren, men hur det ska gå till vet jag inte. Förslag?”

Jukka Korhonen harklade sig innan han med hes röst sa:

”Vi har några skarpa truppminor i packningen. Om vi riggar dem på rätt sätt kanske vi kan ge den jäveln en väldigt otrevlig överraskning. Även om de inte dödar bör det i alla fall svida i skinnet på den.”

”Det är förvisso sant”, suckade Isak, ”Tyvärr befinner sig packningen och våra slädar där ute. Samtidigt vet vi inte var främlingen befinner sig just nu. Den kan mycket väl ligga på lur och bara vänta på att vi ska sticka ut nosen. Då kan den inleda nästa fas av den här katt och råtta leken. Jag kan tilllägga att jag börjar bli jävligt trött på att vara råttan.”

”Men för satan, chefen”, Korhonen drog medvetet ut på ordet *satan*. ”Samma sak gäller även om vi stannar här. Den jäveln leker bara med oss och hittills har vi snällt reagerat, i stället för att agera. Jag kan hämta minorna. Det är inga problem. Chansen är stor att främlingen just nu gör livet surt för grupp två och då måste vi gripa tillfället i flykten. Har jag rätt eller fel?”

”Korhonen har utan tvekan helt rätt, men jag kan inte beordra dig att utföra det här uppdraget ensam. Därför går jag med dig”, svarade Isak efter några ögonblicks betänketid. ”Övriga håller vakt vid öppningen. Virtanen skjuter lys så vi får ledsyn nu när det är kolsvart ute igen. Uppfattat?”

Korhonen nickade tyst medan Virtanen drog efter andan, som för att samla sig inför det som väntade. Därefter tog han emot Ståhls automatkarbin som Isak räckte över. Förutom

Isaks eget vapen var det bara Ståhl som hade granattillsatsen M203 monterad.

Eftersom Ståhl inte längre behövde vare sig automatkarbin eller granattillsats fick Virtanen ta över dessa. Med överdriven försiktighet stoppade han i en lysgranat. Sedan gick han fram till öppningen och tittade ut.

"Det ser lugnt ut för stunden", sa han. "Jag tror att ni kan klättra ner nu."

Med släpande steg gick Isak fram och ställde sig bredvid signalisten. Forskande gled blicken över landskapet när han spanade efter tänkbara hot.

Bortsett från det han förväntade sig att se fanns det inget annat oroande inom synhåll. Med ett tecken till Korhonen grep han tag i repet och såg sedan upp på Virtanen med orden:

"Skjut inte förrän både Korhonen och jag står på marken. Vi behöver inte i onödan förvarna främlingen om att vi är på väg."

"Det är taget", svarade signalisten med stel röst.

Den ständiga spänningen och dödsskräcken åt sig in i själen och fick dem att agera som robotar. Det var ett farligt sätt att hantera situationen på, insåg Isak trött. Gick man in i autoläge tappade man både fokus och uppmärksamhet, något som tvivelsutan skulle få resten av dem dödade.

"Behåll kylan och se till att knoppen är klar", sa han med en röst som ville förmedla hopp, men som nog mest var fylld av motsatsen.

Som kompensation för utebliven inlevelse blinkade han mot Virtanen som svarade med en sammanbiten nickning.

Därefter svingade sig Isak ut och började repellera de tiotalet meter som det var till marken. När sulorna träffade stenarna släppte han snabbt greppet och klev åt sidan för att lämna plats åt Korhonen.

När båda stod i skuggan under skeppet avlossade Virtanen den första lysgranaten mot den mörka himlen. Isak la ifrån sig en reprulle som han burit över axlarna innan han pekade mot slädarna som stod parkerade ett tjugotal meter bort. Utan att yttra ett ord började de båda männen målmedvetet röra sig mot dessa.

Med ett filosofiskt sinne funderade Isak på hur en stressad kropp uppfattade sin omgivning, i kontrast till hur den skulle se på samma saker med själen i ro.

De tjugo meterna kändes som närmare hundra. Samtidigt kändes den dunkla natten som en bastant kolkällare, där väggarna hotade att rasa in och begrava honom vilken sekund som helst.

Rent logiskt borde varje steg föra dem närmare slädarna. I stället uppfattade psyket det hela som att han stod på ett gåband där han inte rörde sig ur fläcken.

Hur man än tolkade det hela rörde de sig trots allt framåt. Det var bara någon meter kvar när tån på Isaks ena känga slog emot en sten. Hindret rubbade sig inte en millimeter, vilket fick honom att förlora balansen. Vacklande flaxade han med armarna för att inte falla och klarade det nästan, men sedan tog gravitationen överhanden.

Ett fladdrande ljud hördes när skuggorna vaknade till liv och svepte ner mot dem. Instinktivt duckade Isak med ansiktet mot marken. För en kort sekund tänkte han att det måste vara så här som en sork kände sig när höken anföll ... ensam och skräckslagen.

När han på nytt såg upp var det bara han kvar på stranden. Det enda som vittnade om att de nyss hade varit två var Korhonens tappade automatkarbin.

Den låg inkilad mellan de rundslipade stenarna.

Kapitel 14

Kamraten hade svepts bort utan att han hunnit yttra det minsta ljud.

I mörkret kunde inte Isak vara säker, men efter vad han såg syntes det inte något blod där Korhonen stått bara ett ögonblick tidigare.

Darrande lyfte han upp vapnet, men inte heller automatkarbinen visade några spår av blod.

Det var som om Korhonen bara upphört att existera.

Små korn av frätande tvivel började slå rot i Isaks inre. Kunde verkligen den här varelsen dödas? Den verkade inte bara vara av utomjordisk härkomst. I stället framstod den som fullkomligt övernaturlig.

Kunde en sådan abnormitet verkligen dö för en människas hand?

Kunde man döda en Gud?

Vad hade den här varelsen egentligen gjort för att hamna på denna intergalaktiska fångtransport?

Förmodligen inget bra, insåg han utan att tänja alltför mycket på fantasin.

Dessutom – vilken var transportens destination? Vad hade fört den i omloppsbana runt Jorden?

Huvudet fylldes till bristningsgränsen av tusentals surrande frågor, men det fanns inga svar att få. Han förväntade sig inte att han någonsin skulle få hela händelsekedjan förklarad för sig. Det var som om en myra skulle försöka förstå varför ett grymt barn petade sönder stacken med en lång pinne.

Med sammanbitna käkar hängde Isak vapnet över ryggen. När automatkarbinen var säkrad skyndade han fram till slädarna. Väl där blev han för en stund stående stilla och tittade på dem.

Var fanns minorna?

Erfarenheten sa att man aldrig skulle lägga alla ägg i samma korg, varför ammunitionen till handeldvapnen var fördelad på samtliga slädar. Minorna var däremot lastade på endast en av dem. Isak granskade varje släde noga innan han till slut valde den mittersta.

Med ett ryck slet han den vita presenningen åt sidan innan han lyfte undan sovsäckar och liggunderlag. En gråmålad låda uppenbarade sig. Gul varningstext skrek ut att innehållet var explosivt och han jublade inombords.

Efter lite fumlande med nyckeln till hänglåset kunde han öppna locket och se ner på de sex inpackade minorna.

Försiktigt lyfte han upp en av dem. Sakta vände och vred han på den lilla dödliga tingesten för att kontrollera att allt såg bra ut. Efter att ha försäkrat sig om detta tömde han en ryggsäck och började omsorgsfullt packa ner minorna. När han var klar hängde han på sig packningen, efter att omsorgsfullt ha spänt fast Korhonens automatkarbin på utsidan.

Isak skulle just vända sig om för att gå tillbaka till skeppet när Korhonens till synes oskadda kropp slog i marken framför honom.

Till skillnad från övriga offer var Korhonen inte uppskuren och blodig, utan såg mer ut som att han sov. Isak ryckte till av överraskning när ett lågt stönande letade sig fram över den andre mannens läppar. Utan att förspilla någon tid skyndade han fram och föll på knä i snön:

"Jukka. Hör du mig?"

"Vad ända in i helvete var det som hände?"

Korhonen klippte med ögonlocken innan han lyckades fixera blicken på Isaks ansikte.

"Du blev tagen av främlingen, men återlämnad på samma sätt som jag blev."

"Vad säger du?"

Korhonen såg uppriktigt förvånad ut.

"Menar du att den tog mig? Och jag lever fortfarande?"

"Ja, men tänk också på hur katten gör när den jagar. Det kan mycket väl vara så att främlingen leker med oss igen. Vi måste ta oss tillbaka till de andra innan varelsen inleder nästa akt av den här föreställningen."

Knappt hade de utmanande orden hunnit lämna Isaks läppar innan en kompakt skugga landade i snön tio meter bort. Eftersom lysgranaten brunnit ut kunde han bara se mörka konturer, men det var fullt tillräckligt.

Skuggan var säkert två och en halv meter hög, med ytterligare en halvmeter av de enorma vingarna som stack upp över vad som tycktes vara ett överdimensionerat och slätt huvud.

Två svavelgula ögon lyste som ondskefulla strålkastare i mörkret. Bortsett från vingarna och de tentakler som rörde sig som oljiga ormar från nederdelen av ansiktet var kroppsformen humanoid.

Åtminstone humanoid i bemärkelsen att den verkade ha två armar och två ben på en upprättgående torso.

Främlingen såg verkligen ut som den mytomspunna kosmiska urtidsvarelsen.

Ett kort ögonblick funderade faktiskt Isak över om någon av dess fränder besökt Jorden för si så där hundra år sedan. Var det då verkligen så långsökt att anta att den råkat springa på en ung H.P Lovecraft? Författaren kunde sedan mycket väl ha tagit glimten av dråparen som underlag för sin berömda novell.

Under några evighetslånga ögonblick stod människa och monster stilla och betraktade varandra. Han kunde känna hur ondskan formligen dröp från varelsen på samma sätt som värmen från en lägereld.

Det kröp i skinnet på Isak av fruktan över att behöva stå inför denna motbjudande varelse. Främlingens blick signalerade att den betraktade Isak som en värdelös insekt som den kunde mosa när som helst.

Det fanns inte en chans att han ville veta mer om vilken civilisation som denna mördare kom ifrån. Det skulle troligen räcka med något tusental av dess fränder för att besegra hela världens samlade militär.

Ett sådant möte kunde bara betyda slutet för mänskligheten. Ingen fantastisk räddning i sista sekunden. Inget nervkittlande crescendo, utan endast ridå ner.

Tack för allt, men nu blir det inget mer.

Med ens utstötte varelsen en serie kluckande och morrande läten. Sedan for två tentakler ut och grabbade tag i Korhonen.

Den här gången skrek soldaten högt av smärta och skräck.

Ett mycket obehagligt ljud hördes när varelsen utan synbar ansträngning slet Korhonen i två delar.

Blodet regnade ner över Isak när främlingen demonstrativt höll upp den styckade kroppen till beskådan. Sedan snärtade tentaklerna till och skickade ut delarna i mörkret.

Efter den demonstrativa styrkeuppvisningen av rå ondska fällde främlingen ut de enorma vingarna. Utan ett ljud lyfte den mot den mörka himlen och försvann.

Stum stod Isak kvar och tittade mot det stjärnbeströdda valvet ovanför sitt huvud. Främlingen hade försvunnit lika obemärkt som den dykt upp. Det enda som talade för dess närvaro var Korhonens blod på marken … och på Isak.

Flämtande såg han ner på sina händer. Under hela akten hade han stått och hållit i sitt vapen, men inte gjort en min av att lyfta det för att skjuta. Sedan noterade han frånvaron av lys.

Svärande över Virtanen, som inte tog sig för att lysa upp den frusna sjön, skyndade han tillbaka mot skeppet.

Det tog honom bara några sekunder att komma fram till repet som hängde där de hade lämnat det, som en bortglömd girlang dagen efter julafton. Med sina lungors fulla kraft vrålade han upp till gruppen, men ropet besvarades bara med en talande tystnad.

Han fruktade att alla där uppe var döda. Det var trots allt så att varelsen lekte med honom, och vad kunde ge leken en starkare krydda än att isolera offret?

Rädd för vad han skulle se när han kom upp tog Isak av sig ryggsäcken. Med en känsla av brådska knöt han repets ena ände runt midjan och den andra i ryggsäckens bärhandtag.

Ett djupt andetag och sedan grep han tag om det grövre repet. Med protesterande armmuskler påbörjade Isak klättringen upp längs skrovet.

När han fem minuter senare äntligen kunde gripa tag om hangarens ytterkant och häva sig upp såg han precis det som han fruktat.

Automatkarbinen med sin granattillsats låg på golvet rakt framför honom. Virtanens halshuggna kropp låg bortslängd bara ett par meter längre in, tillsammans med de övriga soldaterna.

Isak var nu ensam att möta den flygande mördaren.

Kapitel 15

Utmattad låg Isak kvar på rygg.

Bakom halvslutna ögonlock studerade han hangartaket och funderade över vilken art det var som en gång hade byggt skeppet.

Osökt kom han att tänka på att alla legender och myter om rymdfarare, som berättats vidare från urgamla civilisationer, kanske trots allt bar på ett korn av sanning i sig.

Uppenbarligen fanns trots allt teknologin tillgänglig. Han hade trott att de enorma avstånden var en garant för att jordbor och andra arter aldrig skulle mötas.

Tydligen hade han haft fel.

Om varelserna varit här tidigare kunde de mycket väl ha interagerat med deras förfäder, långt innan det fanns direktiv om hur de skulle förhålla sig till underutvecklade planeter.

Till slut tvingade han tillbaka tankarna till där de hörde hemma och slängde en blick på klockan. Stora visaren hade precis passerat midnatt, varför han tog ett djupt andetag och rullade runt.

Nedslagen såg Isak på blodbadet som sträckte ut sig framför honom.

Det hela måste ha gått ohyggligt fort. Ingen av de vid det här laget hårt drillade elitsoldaterna hade hunnit med att öppna eld när det väl satte i gång. Med magen i uppror kröp han bort till det som återstod av Virtanen och vände över honom på rygg.

Hugget som separerat huvudet från kroppen såg ut att ha kunnat utförts med en giljotin, så pass rent och precist var det. Större delen av halsen satt kvar. Vad det nu än var som huggit igenom senor, muskler och ben hade gjort det med ett rent snitt ovanför adamsäpplet.

Isak svalde innan han böjde sig fram för att studera snittet. Han kunde inte säga hur främlingen hade gått till väga, men bladet var i vilket fall mycket tunt och otroligt vasst.

Själva separationen torde ha gått snabbt och döden var på så vis ögonblicklig. Det var en klen tröst när han lämnats ensam för att möta detta övermänskliga hot.

Försiktigt kände han igenom Virtanens fickor och tog de fulla magasin som ännu vilade där. Med ett tyst ”förlåt” till den avlidna kamraten kröp han sedan vidare till nästa kropp där proceduren upprepades.

Slutligen hade han samlat in all ammunition och undersökt kropparna. De flesta var halshuggna på samma sätt som Virtanen, men ett par av kamraterna hade mött ett hemskare öde.

På dem hade i stället kropparna rivits sönder av skarpa klor, vilket fått blodet att skvätta långt upp längs väggarna.

Varelsen var onaturligt snabb.

Dessutom besatt den en imponerande arsenal av vapen som den visste att utnyttja.

Med en rysning funderade han över vilken kraft det var som skapat denna oövervinnerliga art av monster.

Eftersom evolutionen endast tillät att de mest livsdugliga individerna överlevde och fulländades, fruktade han för hur resten av den planetens population såg ut. Om det fanns ett Helvete inbillade sig Isak att det nog i så fall var denna planet X som stod som förebild.

Kanske var det verklighetens Helvete dit de fallna änglarna hade förvisats efter det andra kriget i Himlen?

Han hade aldrig sett sig som särskilt religiös, och absolut inte kyrklig. Vid sådana här tillfällen var det däremot svårt att inte ta till funderingar ifall även de religiösa myterna hade ett korn av sanning i sig.

På något sätt hade ju ändå myterna uppstått.

Efter att ha stoppat på sig så mycket ammunition som stridsvästens fickor rymde fyllde han ryggsäcken med resten. Minorna satte han sedan upp så att de skulle gå av direkt när främlingen landade på hangargolvet.

Det hade varit en del pysslande med att dra alla trådar för utlösningsmekanismen. Han ville inte att golvet skulle likna en trasig vävstol, men tyckte nog ändå att han lyckats rätt bra när han betraktade sitt verk.

Det var möjligt att minornas stålkulor skulle ha samma avsaknad av effekt på varelsen som deras övriga ammunition, men han skulle i alla fall bli varskodd om dess ankomst.

Med en grimas drog han på sig ryggsäcken, grep sin AK24 och gick bort mot fängelseavdelningen. De hade tidigare sett två utgångar.

Nu var det hög tid att undersöka vart dessa ledde. Förhoppningsvis skulle han hitta vapen som på allvar rådde på besten när hans egen automatkarbin inte gjorde det.

Den första dörren ledde in i ett mindre rum.

I ett svenskt fängelse skulle det ha kallats för vaktexpedition. Det var ett rum på tio gånger sju meter. Ena långväggen upptogs av vad Isak skulle ha benämnt för kontrollbord med övervakningsskärmar.

När han tittade en andra gång såg det egentligen inte ut som ett kontrollbord han skulle ha föreställt sig för bara några timmar sedan.

Utöver det fanns det några rätt obekväma bänkar, ett par stolliknande föremål och diverse saker med för honom okänd innebörd, men inget som liknade någon form av vapen.

Förbryllad gick han fram till ett väggfast skåp och tittade in. Där gömde sig tre "surfingbrädor" av samma sort som han tidigare sett ute i hangaren.

Förutom att faktiskt se ut som en surfingbräda i formen var den drygt två meter hög. Till färgen var den tjärsvart med en sträv, sandpappersliknande yta.

Isak höll upp brädan och kände på den. Vikten var mycket lägre än vad han kunde väntat sig med tanke på storleken.

Nyfiket vred och vände han på den, men blev inte klokare på vad det egentligen var. Besviket tänkte han ställa tillbaka brädan i skåpet när nederkanten slog emot tröskeln och slamrande föll ur hans hand.

Överraskad såg han hur brädan – i stället för att träffa golvplåten - stannade upp någon decimeter ovanför densamma. Där blev den sedan hängande fritt i luften.

Isak tog ett par steg bakåt och betraktade "surfingbrädan", slagen av insikten vad det faktiskt kunde vara. På ett stort skepp som det här, där man behövde ta sig fram snabbt, var det nödvändigt med någon form av enkelt fortskaffningsmedel. Själv var han en van elskoterförare, men här hade behovet lösts på ett annat sätt.

Försiktigt klev han upp på brädan som låg stadigt kvar under honom. Efter ett djupt andetag försköt han tyngdpunkten något framåt, varvid brädan började röra sig åt samma håll.

Han hade alltså gissat rätt.

Efter att ha klivit av och lyft upp brädan gick han ut från vaktrummet och tillbaka till cellavdelningen. Där slängde han brädan på golvet innan han på nytt ställde sig på den.

Med en något osäker elegans fick han den att röra sig mot nästa dörr.

Även denna öppning saknade ett traditionellt dörrblad, men med de blanka lister han redan sett. De alstrade troligen någon form av kraftfält när skeppet fungerade som det skulle.

Utan att tveka gled han igenom och kom in i en lång och dyster korridor, betydligt mindre än cellavdelningen. Trots det var den fortfarande större än någon korridor han vandrat igenom.

Isak gled in i ett mörker där allt verkade gå i olika skiftningar av svart. Väggar, golv och tak gick i en djup mattsvart nyans, medan rören som löpte längs taket var blanksvarta.

Allt upplyst av ett dovt sken från dolda ljuskällor.

Själva arkitekturen var även den främmande. I stället för en fyrkantig normalkorridor med golv, tak och väggar bestod denna av sex plana ytor.

Själva golvet utgjordes av en gångväg i konstruktionens mitt, där väggen lutade utåt i fyrtiofem graders vinkel. Halvvägs till taket förde en ny fyrtiofem graders vinkel tillbaka väggen in mot mitten. Där bildades sedan en remsa i taket som var lika bred som golvet.

På ömse sidor av korridoren fanns det utmejslade dörrhål. Dessa ledde i sin tur in till rum som kunde kallas för kontor och mötesrum.

Han hade kommit tre dörrar ner genom korridoren när han fick en chock.

Inne i ett av rummen satt en okänd människa i en stol bakom ett välvt skrivbord.

Isak rätade upp sig och tvärstannade brädan innan han överraskat glodde på synen. Efter några ögonblick av häpet stirrande slog det honom att det trots allt inte var en Homo Sapiens han tittade på.

Visst, kroppen kunde nog klassificeras som humanoid, kanske till och med Homo något annat än just sapiens. Likheterna var nämligen slående mellan den okända mannen och honom själv.

Mannen var runt tvåhundratjugo centimeter lång, kraftigt byggd över de breda axlarna och med cendréfärgat hår.

Samtidigt var ögonen betydligt större än Isaks egna. Arten hade troligen utvecklats på en planet med svagare sol och högre gravitation än på Jorden. Han var klädd i en vid, svart dräkt som osökt förde tankarna till en orientalisk klädnad. De kraftfulla händerna doldes av ett par tunna svarta handskar.

På golvet, mitt emellan dörren och bordet, låg något som drog till sig Isaks ohöljda intresse.

Där låg något som var misstänkt likt ett vapen.

Med två långa kliv var han framme vid föremålet. Snabbt böjde han sig ner och plockade upp det. Med van blick inspekterade Isak den futuristiska modellen.

I utseende påminde den om den gamla Heckler & Koch G11, ett annorlunda automatvapen utan ammunitionshylsa.

Dessvärre hade aldrig vapnet kommit i serieproduktion, trots att det ansetts som en innovativ succé i slutet av åttiotalet.

Försiktigt smekte fingrarna den släta stocken och det svagt glänsande vapenhuset med sina reglage.

Han ville ogärna skjuta skallen av sig.

Av den anledningen skedde undersökningen med stor respekt för den okända teknologin. Visserligen trodde han sig förstå vilken ände som var den farliga, men det var dumt att i onödan utmana ödet.

Han noterade snart att vapnet saknade avtryckare och funderade över hur det avlossades. Mitt i tankeflödet började den förmodat döda kroppen bakom skrivbordet röra på sig och säga något på ett gutturalt språk.

Kapitel 16

Mannen bakom skrivbordet rörde på sig.

Ett lågt, otydbart mumlande kom över hans läppar innan ögonen slogs upp. I förbigående noterade Isak att de var svarta som kol och helt uttryckslösa.

Under flera sekunder stirrade den andre på honom utan att säga något, troligen lika förvånad som Isak. Sedan la han upp den ena armen på skrivbordet framför sig. Den andra, vänsterarmen, hängde slapp och obrukbar längs sidan.

Det var uppenbart att mannen var sårad, även fast ingen skada syntes på kläderna. Med synbar ansträngning öppnade han munnen och sa något som Isak fritt tolkade som "vem fan är du?"

Han pekade därför på sig själv och sa:

"Isak Strindmark."

Därefter pekade han med utstuderad tydlighet på mannen:

"Vem är *du*?"

Frågan möttes till en början av total tystnad, sedan hostade främlingen ihåligt. Ansträngt drog mannen efter andan innan han började fumla efter något i bältet med sin friska hand. Isak höjde automatkarbinen. Han torde sig ännu inte på att använda det främmande geväret.

Mannen skakade nästan omärkligt på huvudet när han såg rörelsen och sa:

"Nedi, Isak. Nedi."

Det skulle kunna betyda *"nej, Isak. Nej."*

Helt säker kunde han inte vara och behöll därför sin AK24 eldbredd, utifall utomjordingen trots allt skulle försöka sig på något dumt.

Till slut fick besökaren tag på vad han letade efter och la upp det på bordet. Det visade sig vara en liten svart låda, ungefär lika stor som en pocketbok. Den var utförd i ett stycke, utan några knappar eller andra främmande föremål. Sidan som var vänd uppåt verkade ha en inbyggd display.

Mannen rörde vid ytan innan han såg upp på Isak. När deras blickar möttes gjorde han ett tecken som troligen betydde att Isak skulle börja prata.

Utan att egentligen veta vad han skulle säga började Isak berätta om orsaken till att han befann sig ombord. När han till slut tystnade nickade utomjordingen och rörde pekfingret över skärmen. Efter ännu en hostattack pressade han fram ett stelt leende och sa, på fullt begriplig svenska:

"Var väl hälsad, man av *Tellus*. Mitt namn är Jorund. Jag är säkerhetschef på fångkryssaren *Venator,* som är en del av det intergalaktiska säkerhetsrådets lagförande församling."

Han tystnade och svalde innan han kunde fortsätta. Nu med försvagad röst:

"Vi råkade ut för ett bakhåll på vår färd till fängelseplaneten *Pandorio*. Under striden slogs delar av skeppets karantänsystem ut, vilket gjorde att våra högriskfångar kunde ta sig ur sina kryoceller."

Mannen tystnade när en hostattack rev sönder talet och det tog närmare en minut innan han samlat sig så pass att han kunde fortsätta sin utläggning:

”Att fångarna rymde ledde i sin tur till strider som kom att rasa över hela skeppet. Under attacken kom vi kraftigt ur kurs. Jag tog då beslutet att gå till depåstopp på planeten *Martii*, den som ni jordbor kallar för Mars. Tyvärr visade det sig att vårt skepp skadats värre än vi först trodde. I stället för att landa tryggt på basen på *Martii,* kraschade vi mot *Tellus.*"

Jorund tystnade medan han samlade nya krafter för att fortsätta berättelsen:

”Fången, den som du kallar främlingen, är från planeten *Ignotus*. Den är framavlad som krigare av en dominerande härskarklan och därför nästintill oövervinnerlig. Åtminstone med den vapenteknologi som ni på *Tellus* förfogar över."

Jorund tystnade och samlade sig på nytt innan han med stor möda fortsatte:

”Jag skadades allvarligt tidigt i striden, långt innan själva kraschen. Vet inte hur jag lyckades överleva. När jag vaknade var jag placerad i en *Becta*-tank. Den förslutningen måste ha skyddat mig från de våldsamma krafter som uppstod vid inträdet i er atmosfär och den efterföljande kraschen."

Han började hosta och snörvla innan han väsande drog efter andan:

”Jag har inte långt kvar nu. Kommer snart att möta mina fäder i *Natiem*, men du – Isak Strindmark av *Tellus* – måste veta mer om din fiende. Den är av klanen *Servitus* från riket *Agipan*, försvarare av det Agipanska kejsardömet. Det har helt dominerat planeten *Ignotus* under mer än tio av era årtusenden. Varelsen lyder bara den Agipanska kejsaren. Den är dessutom trogen in till döden. Era vapen kan inte tränga igenom Agipanierns tjocka skinn, men det där vapnet kan."

Han pekade kraftlöst på det gevärsliknande föremålet vid Isaks fötter.

"Sätt kolven mot axeln, Isak. Lägg handen över greppet. Vapnet känner av när du avser att skjuta. Det kommer att hjälpa dig att träffa ditt mål."

Isak tog upp vapnet och tittade på det igen. Sedan gjorde han som Jorund sa, noga med att inte peka mynningen mot mannen.

"Hur vet vapnet när jag vill skjuta mot något? Hur kan jag helt plötsligt förstå vad du säger?"

"Så många frågor", väste Jorund. "*Tellus* tekniska nivå har inte kommit dit ännu. Det är anledningen till att vi inte har tagit kontakt med er, men ni står under övervakning. Det här är en universaltranslator."

Han knackade på lådan på bordet, hostade torrt och sa:

"Den analyserade ditt språk under tiden som du berättade om Agipaniern. Nu när analysen är klar klarar den av att översätta i bägge riktningar. Vapnet har en ... AI som interagerar med nervbanorna. På så sätt blir geväret som en förlängning av dig och ditt sinne."

Viskningen dog bort när mannen slöt ögonen.

Bröstet sjönk ihop när det sista andetaget sipprade ut mellan läpparna. Kvar blev Isak stående utan att veta vad han skulle göra. Jorund hade besvarat en del av hans frågor, men svaren hade bara gett upphov till dussintals nya frågor.

Tydligen var Jorunds fränder fredligt sinnade och tjänade som en sorts rymdpoliser. Det som lät mer oroväckande var att han sagt att Jorden stod under övervakning, vad det nu kunde betyda. Väntade man på att den tekniska utvecklingen skulle nå en punkt där det ansågs att människan var värdig att träda in i gemenskapen? Eller bevakades de av någon annan anledning? Ohjälpligt kom han att tänka på den typ av övervakning som poliser genomförde innan de grep en misstänkt i en gryningsräd.

Trots allt hade människan under århundradena visat prov på en väldig destruktivitet. Möjligen ansåg det intergalaktiska säkerhetsrådet att en sådan destruktivitet inte hade någon plats i deras universum. I så fall skulle det kunna bli en del tråkiga konsekvenser för mänskligheten, tänkte han när han på nytt synade det främmande vapnet.

När han tidigare gjort som Jorund sagt hade det känts som en svag, kittlande ström hade gått genom handflatan och ut i ryggraden och nacken. När han nu på nytt la kolven mot axeln och tog tag om greppet kände han samma sak igen.

Det tog några ögonblick innan vapnets AI hade identifierat de främmande nervbanorna, sedan gick en HUD i gång framför hans blick.

Det var en transparent *head-up-display* som projicerades, vilket gav honom sikte och måldata i realtid när han svängde runt vapnet. När Jorund kom in syntes ett rött kryss som Isak tolkade som att kroppen inte utgjorde något akut hot.

Förundrad sänkte han pipan i samma stund som multipla explosioner hördes från hangaren.

Kapitel 17

Med en sista blick på Jorunds kropp lämnade Isak rummet och skyndade ut i den dystra korridoren.

Bortifrån hangaren hördes en ilsken trumpetstöt eka mellan väggarna. Varelsen hade inte dödats av minorna, men verkade rejält förbannad av de många nålstingen.

Ljudet påminde om en elefants ilskna vrål över savannen, men källan var betydligt dödligare än ens den mest folkilskna elefant.

Bara det att befinna sig på ett kraschat rymdskepp, utan att veta vad som fanns bakom nästa krök, var något som frestade på nerverna.

Att samtidigt vara jagad av ett Grendelmonster la till ytterligare en dimension till den skräck han redan kände.

Isak kunde inte gå tillbaka samma väg som han kommit.

Det var där som varelsen befann sig.

Hans enda alternativ var således att ta sig djupare in i det okända skeppet. Hoppet stod till att hitta en position där han kunde välja att ta den sista striden.

Det fanns för övrigt inte längre några alternativ.

Bortifrån fängelset hördes tunga dunsar som inte kunde vara annat än Agipanierns steg när den närmade sig. Tiden var knapp och i det svaga svarta ljuset misstänkte Isak att Agipaniern hade ett övertag med sina mer sofistikerade ögon.

Med sitt eget vapen fastspänt på ryggsäcken och det erövrade under armen hoppade Isak upp på surfingbrädan. Han satte genast fart ner genom den märkligt kantiga korridoren.

Bakom sig hörde han ännu ett ljudligt trumpetande, denna gång ett triumfatoriskt sådant när Agipaniern fick syn på honom.

Varelsen skulle lätt hinna i kapp honom om han inte på något sätt lyckades fördröja den. När han kom till den insikten stannade Isak upp och snodde runt.

Jorunds vapen trycktes mot axeln.

Det välbekanta pirrandet kändes i handflatan i samma stund som HUD:en dök upp.

Agipaniern syntes tydligt när Isak tyst viskade för sig själv:

"Nu får vi se om du ruskar av dig det här lika enkelt som våra kulor."

Energistrålen avfyrades i samma stund som Isak kände sig redo. Det hördes ett lågt surrande från geväret när en riktad energipuls av något slag lämnade pipan.

Längre ner i korridoren fällde Agipaniern upp vingarna som en sköld mellan sig själv och vapnet.

Den här gången var dråparen inte hjälpt av sin osårbarhet.

Pulsen brände rakt igenom det tunna, fladdermusliknande skinnet mellan vingpennorna.

Varelsen trumpetade.

Den här gången av smärta och bestörtning.

Innan Isak hunnit skjuta igen snodde den runt och försvann med en hastighet som överträffade allt som han tidigare sett. Efter sig lämnade den en frän odör som fick magen att vilja vända ut och in på sig själv.

Han grimaserade och sa rakt ut till det tomma rummet:

"Du har kanske inte syra som blod, men du får en skunk att dofta ljuvligt vid en jämförelse."

Det gick inte längre att dröja sig kvar i korridoren eftersom stanken tilltog alltmer för varje sekund. Isak klev upp på brädan och lutade sig framåt. Med god balans sköt han fart djupare in i skeppets okända regioner. Bakom sig lämnade han odören och Agipaniern ... hoppades han.

Det nya rummet han kom in i var stort, om än något mindre än hangaren, men lika högt i tak.

Tio meter från där han stod öppnade sig ett stort taggigt hål i skrovet där skeppet slitits sönder. Långsamt gick han fram till öppningen och tittade ut.

Från sin position kunde han inte se den andra skeppsdelen. Däremot såg han ut över sjön och kunde ana att det var gryning, även om solen fortfarande inte orkade sig över bergen i öster.

Det var kanske trettio meter ner till marken, tillräckligt högt för att han skulle slå ihjäl sig om han föll. Det skulle i så fall vara en ödets nyck om det skedde när han överlevt så här långt. På ben som plötsligt blivit darriga tog han ett försiktigt kliv bakåt innan han såg sig omkring.

Salen var troligen någon form av ett kombinerat förråd och en verkstad, om han tolkade det han såg korrekt. Däremot hade allt som inte var skruvat eller svetsat i skrovet sugits ut genom hålet när skeppet bröts itu.

Avsaknaden av artefakter förtog inte hans behov av att hitta en annan väg ut. Att klättra ner längs skeppets utsida var däremot inte att tänka på.

Det skulle vara liktydigt med självmord.

Vinden, kylan och det vatten som dragits upp i kraschen hade bildat en förrädisk isskorpa på utsidan. Den såg effektivt till att det inte fanns några säkra fästen för händer och fötter.

Samtidigt befann sig alla rep kvar i hangaren. Att gå tillbaka den vägen ville han inte försöka sig på. Då var det bättre att hitta en annan utväg.

Isak skulle till att börja söka efter denna utgång när han såg en rörelse vid ena kanten på brottytan. När han vred huvudet åt det hållet upptäckte han en svart och oljig tentakel som slingrade sig in från utsidan.

Jämförde man denna extremitet med en bläckfisk kunde man snabbt konstatera att sugkopparna var ersatta av hullingförsedda klor.

Klor som enkelt kunde slita isär en kropp … något som han redan sett alltför många bevis på.

Varelsen hade hittat honom igen.

Utan att tveka fick han upp vapnet och avlossade en puls. Skottet träffade mitt på mål och slet tentakeln i två delar. Ännu ett ilsket trumpetvrål hördes från utsidan.

Vrålet följdes av vind som strömmade runt varelsens kropp när den kastade sig ut från skeppet för att försvinna i mörkret.

Nu var Agipaniern sårad och troligen dubbelt så farlig som tidigare.

Smärta och raseri hade den effekten på de flesta varelser, även människan, tänkte Isak med en bister min.

Han behövde snabbt komma in i mindre utsatta områden. Mindre öppna ytor gjorde att han bättre kunde utnyttja skeppets märkliga arkitektur till sin fördel.

Det var en nödvändighet om han skulle ha en chans att överleva den kommande konfrontationen.

Desperat sökte blicken över väggarna i hopp om att hitta vad han jagade efter, men avbröts av en smäll som påminde om ett ljudbang.

Det gick en stöt genom skeppet.

Han slogs nästan omkull när en svart skugga för ett kort ögonblick täckte öppningen ut mot fjället.

I nästa stund var allt som vanligt igen, men Isak förstod att han inte längre var ensam.

Det slamrade till i ett mörkt hörn när ett föremål rubbades ur sin position. Han riktade vapnet ditåt och avlossade en puls, men träffade inget annat än en tom vägg.

Ett nytt ljud, som av hasande steg, hördes nu i stället bakom honom.

När han snodde runt fanns där inget att se.

Nästa ljud kom uppe från taket. Något träffade honom med stor kraft i ryggen.

Sammanstötningen var brutal. Isak tappade balansen och föll handlöst till golvet. Som en olja blixt vred han sig runt och sköt i samma rörelse.

Det var som att vapnet hade tagit över och styrde hans hand, men inte heller denna gång träffade han något.

Klumpigt tog sig Isak på fötter och kände hur magasinen föll ur den upprivna ryggsäcken. Svärande som en borstbindare krängde han av sig den för att inspektera skadan.

Agipanierns klor hade rivit upp det sträva tyget längs hela sidan på ryggsäcken. Det var inte längre något att hålla fast vid. Med en smäll fick resterna falla till golvet.

Haltande och svärande tog han sig mot närmaste vägg. På vägen insåg han att det vänstra benet inte längre fungerade som det skulle.

I stället släpade det i det närmaste obrukbart längs golvet, svagt och värkande, utan sin vanliga styrka.

Han nådde väggen.

Flämtande lutade han sig mot den och grimaserade när smärtan sköt blixtar genom kroppen.

Försiktigt hasade han sig ner.

Till slut blev Isak sittande på golvet, ur stånd att för stunden röra sig. Någonstans ur mörkret hördes ett trumpetande som visade att Agipaniern var där.

Monstret väntade bara på att han skulle sänka garden.

Isak vägrade att vara den till lags. Han skulle ovillkorligen kämpa till den absolut sista blodsdroppen om han var så illa tvungen.

Kapitel 18

Det mörka tomrummet omkring honom kändes med ens lika klaustrofobiskt kvävande som en stängd likkista.

Isak kände hur den panikartade skräcken kom krypande på nytt och kramade åt om hans hjärta, vilket nästan paralyserade honom.

Pulsen ökade.

Samtidigt skärptes sinnena när kroppen ställde in sig på kamp-eller-flykt läget.

Han var också livrädd för att röra sig.

Minsta oförsiktig rörelse kunde trigga i gång ännu en attack från den blodtörstiga Agipaniern.

Med stirrig blick försökte Isak se genom skuggorna. Svetten rann i floder nedför pannan.

Utanför var det minst trettio grader kallt, men hans kropp utsöndrade sådana mängder adrenalin att blodtrycket var på väg att spränga topplocket.

Det var något som fick kroppens motor att generera otroliga mängder värme.

Vis av tidigare erfarenheter visste Isak att detta var högst tillfälligt. Snart skulle noradrenalinet sätta in och dra ihop blodkärlen, vilket i stället skulle få honom att börja frysa. För att undvika att gå in i chock behövde han röra på sig, men göra det smart.

Den omedelbara impulsen var att resa sig och skrikande springa tillbaka samma väg han kommit, men det skulle vara som att skriva under sin egen dödsdom.

I samma sekund som han lät paniken ta överhanden skulle fienden slå till och döda honom lika brutalt och skoningslöst som den redan gjort med alla hans kamrater.

I stället för att låta kamp-eller-flykt-impulsen styra måste han börja andas och tvinga undan paniken.

Den enda vägen till räddning låg längs den smala stig som kallades förnuft och logik.

Agipaniern var måhända en intelligent mördare, men det var Isak också.

Åratal av intensiv träning och utbildning hade gjort honom förberedd på allt ... utom att ställas öga mot öga med en utomjordisk dödsmaskin. Men – vad var det som skilde denna motståndare från en rysk spetsnaz?

Förutom utseendet.

Han drog djupt efter andan och kände hur det högg till i den skadade ryggen. Ilningarna som spred sig genom musklerna var ett tydligt tecken på att skadan var värre än bara en simpel sträckning. Det skulle krävas en hel del jävlar anamma för att lyckas ta den här striden hela vägen i mål, men hur skadad han än var tänkte inte Isak ge upp förrän han gett allt och lite till.

En fiende var bara en motståndare som man ännu inte hade besegrat. Att segra krävde att man var listigare, men inte nödvändigtvis starkare, än den man ställdes emot.

För ett kort ögonblick slöt Isak ögonen och tänkte på varje krigares heliga skrift – Krigskonsten, av Sun Tzu – som han ständigt brukade återkomma till när han utbildade sina soldater, speciellt meningen *Känn din fiende som dig själv, och du behöver inte frukta resultatet av hundra strider.*

Jorund hade gett honom några ledtrådar. Agipaniern var en framavlad ras, alltså inte ett resultat av det naturliga urvalet. Den hade gjorts i syfte att skydda kejsardömet. Med andra ord var den fostrad att se alla som motståndare om de inte tillhörde kejsardömet.

Hur såg tankarna ut hos en sådan individ?

Isak la pannan i djupa veck, men insåg genast att han omöjligt kunde sätta sig in i Agipanierns främmande tankevärld. Varelsen gillade tydligen att plåga sina offer, men kunde också bjuda på en overkligt snabb död om situationen påkallade det. Den var hård mot skott som kom från deras handeldvapen, och tydligen även från deras minor, tillade han.

Däremot verkade det som att energivapnet bet genom det hårda skinnet, vilket för stunden hade skrämt varelsen. Det var tydligt att Agipaniern höll på att utvärdera situationen för att leta efter svagheter i Isaks försvar.

Svagheter som gjorde att den kunde ta sig fram till honom utan att vapnet kunde skada den.

Det var en väl känd militär sanning att det alltid var lättare att försvara sig än vad det var att anfalla.

Ett djupt andetag för att syresätta kroppen, sedan började Isak ta sig på fötter.

Med några prövande steg tog han sig bort från väggen. Sedan bet han hårt ihop käkarna för att hålla tillbaka det skrik som ofrivilligt försökte leta sig upp genom strupen.

Det skar som knivar genom ländryggen. Samtidigt kändes revbenen som om en tungviktsboxare i mästarklass hade gått lös på dem genom åtta ronders rå misshandel.

Med ett stön stannade han upp och såg sig omkring.

Trots den mörka gryningen utanför skeppet var skuggorna fortfarande djupa inne i verkstan.

Varelsen kunde enkelt gömma sig var som helst.

Utan mörkerhjälpmedel hade han inte en chans att se den. Detta talade för att han måste bort från rummet där han nu befann sig.

Alltså måste yta snarast bytas mot begränsningen i trängre områden. Där kunde Agipaniern inte utnyttja det övertag som flygförmågan gav den.

Frågan var bara om varelsen tänkte släppa i väg honom?

Att gå rakt över golvet, bort mot den öppning som låg som en hägring på andra sidan rummet, skulle i vilket fall som helst inte fungera.

Han måste ha 360 graders vidvinkeluppsyn, vilket var omöjligt. Hans enda chans låg i att stryka längs väggarna. Där räckte det med 180 graders vidvinkelseende.

Det var åtminstone marginellt bättre än alternativet när han inte längre kunde nyttja den svävande brädan.

Haltande backade han tillbaka och tryckte på nytt ryggen mot den kalla stålbarriären. Där blev han sedan stående med stirrande ögon som jagade efter tecken på att något iaktog honom.

"Känn din fiende som dig själv? Sun Tzu hade ingen aning om att fienden skulle vara alltigenom främmande", muttrade han för sig själv. "Hur fan ska jag kunna sätta mig in i hur en framavlad hybridart från bortom stjärnorna tänker?"

Meter för meter hasade han längs väggen, samtidigt som han motstod den tvingande lusten att släppa all försiktighet och börja springa.

Med blicken svepande över den ena skuggan mörkare än den andra försökte han identifiera var hotet befann sig, men än hade ingen av dem vaknat till liv. Tvärtemot vad man kunde tro var det något som om möjligt drev på hans galoperande paranoia ännu mer.

Han hade runt tre fjärdedelar kvar innan han äntligen skulle vara framme vid den något större tryggheten vid dörrhålet. Envist försökte han fokusera tankarna på den där öppningen som skulle leda in till ett mindre utrymme. Ett utrymme där han bara behövde fokusera på en dimension, i stället för tre.

Det var något som dramatiskt skulle öka hans chanser att överleva.

Det var då som en av skuggorna till slut ändå vaknade till liv.

Kapitel 19

Det var som om en del av den mörka väggen i ett av rummets inre hörn med ens blev rörlig. Med blixtens hastighet kom den fallande mot honom.

Isak uppfattade inte att hotet flög som en rabiessmittad fladdermus, utan mer att det störtade ner från ovan. Det var som om en Boeing 747 hade tappat alla motorer och därmed sina aerodynamiska förutsättningar för att kunna hålla sig kvar i luften.

Det gick skrämmande snabbt.

Hans utmattade kropp fick ingen tid att hinna reagera innan hotet nådde honom.

Ett häftigt ryck och vapnet slets ur hans händer. Hjälplöst föll Isak till golvet.

Med ett triumfatoriskt trumpetande försvann varelsen på nytt in i de djupa skuggorna. Smärtan högg till i ryggen, men den här gången bet han ihop tänderna och rullade runt för att snabbt komma på fötter igen. Någonstans i det kompakta mörkret hörde han hur något – troligen vapnet – slog i golvet, slitet i bitar.

Med nävarna hårt knutna försökte han ignorera smärtan och haltade i väg så snabbt han kunde. Isak var mycket väl medveten om att Agipaniern inte skulle ha några problem att hinna upp honom om den så önskade.

Hoppet stod till att varelsen skulle vara så säker på sin seger att den blev övermodig. Förhoppningsvis ville den då fortsätta att dra ut på jakten så länge som möjligt.

Det dunsade till bakom honom.

En darrning spred sig genom durkplåten, men Isak motstod frestelsen att vända sig om för att se vad som hände. Han trodde sig ändå förstå att det var Agipaniern som just landat för att leka med honom. Kanske tänkte den ge honom en liten gnutta hopp innan döden slog till.

Något träffade honom i ryggen.

Den här gången var träffen inte hård, utan mer som en lätt knuff. Däremot var den tillräckligt kraftfull för att Isak ännu en gång skulle falla omkull.

Klumpigt tog han emot sig och kände smärtan i handflatorna, glad över att det var den enda smärta han kände. Det skulle ha varit förödande om han lyckats bryta en arm, nu när han mer än någonsin behövde sin rörlighet.

I panik rullade han runt och blickade upp mot en svart, drakliknande gestalt som tornade upp sig över honom. En tentakel sköt ut från Agipanierns ansikte, men hullingarna missade honom med en centimeter till godo.

Utan att tänka slet han fram sin Glock och tömde hela magasinet rakt upp mot Agipanierns huvud. Tydligen var varelsen totalt oförberedd på detta. Det var först efter tredje skottet som vingarna fälldes fram som skydd. Vid det laget hade Isak hunnit notera minst en träff, även om verkan i mål var okänd.

Så snabbt han kunde snurrade han runt och kom på fötter.

Det hägrande dörrhålet var bara några meter bort.

Han hade just lagt ena handen på karmen när något tungt landade på hans axel och började dra honom tillbaka.

Som en sista desperat handling slet Isak fram en handgranat från stridsselen. Han skickade den bakåt innan han med full kraft satsade på att slänga sig framåt.

Tyvärr var han på tok för nära för att kunna räkna med att klara sig oskadd, men förhoppningen var att detonationen skulle få varelsen att släppa taget om honom.

Samtidigt var rummet stort och kunde svälja tryckverkan bättre än vad exempelvis en trång skyttegrav tillät.

Tentakeln på hans axel släppte mycket riktigt taget i samma ögonblick som handgranaten detonerade.

Med full fart for Isak framåt och kunde känna vibrationerna i luften, men märkligt nog utan att träffas av splitter. Däremot trumpetade Agipaniern som en ilsken elefanthjord.

Han hoppades att det svidit bra i skinnet.

Krypande tog han sig in genom dörren.

Något brakade till och fick golvet att vibrera, men Isak tänkte inte stanna för att se vad det var. I stället kravlade han sig på fötter och tog sikte på den ljusare rektangeln i korridorens slut.

Stapplande tog han sig fram till nästa dörr.

Där stannade Isak till och lät vantroget blicken svepa över det nya utrymme han kommit in i.

Gissningsvis var detta bryggan, även om det inte påminde vare sig om det prydliga *Enterprise*, eller ens Darth Vaders flaggskepp *Executor* i Star Wars filmerna.

Den här bryggan var långsmal med två kommandostolar längst fram, den ena belägen lite högre än den andra.

Hängande över den ena stolen upptäckte han den brutna kroppen av en besättningsman.

Mannen hade en likadan uniform som Jorund och samma kraftfulla kroppsbyggnad. Det som skilde de båda männen åt var att denna saknade det mesta av sitt huvud. Resterna av skallen fanns utsmetad över bryggfönstret.

När han vände sig mot sin högra sida upptäckte Isak en hel vägg med elektronisk utrustning som under drift tycktes vara bemannad av en person.

Operatörens stol gick att flytta på en rälsliknande anordning inbyggd i golvet. Just nu skulle stolen inte gå att flytta eftersom ännu en kropp låg inkilad under den. Denna kropp tillhörde däremot ingen ur besättningen, utan såg ut att vara en annan ras som Isak kände till ryktesvägen från otaliga beskrivningar av utomjordingar.

Till skillnad från de flesta andra varelser de stött på sedan de äntrade skeppet, var denna humanoid inte mer än lite drygt hundrafemtio centimeter lång, med oproportionerligt stort huvud. Ögonen var svarta och bottenlösa, utan synliga ögonlock. En knappt skönjbar näsa syntes mitt i ansiktet.

Under näsan fanns en mun som var så liten och tunn att den bara framträdde som en skåra i den gråa hyn.

Av huvudets vinkel att döma hade varelsen brutit nacken, kanske i kraschen, och sedan kastats in under stolen där den fastnat. Kroppen saknade kläder och den sjukligt gråa hyn var rynkig och ojämn, vilket fick honom att känna vämjelse över varelsens utseende.

Det var inte riktigt så här som *De Grå* brukade beskrivas av de som påstod sig ha blivit bortförda av dem. I de berättelserna framstod varelserna som mycket mer respektingivande än denna döda kropp. Den påminde mer om den ökända obduktionsfilmen som påstods visa ett av offren från kraschen i Roswell.

Han tvingade sig ur sin trans och slängde en snabb blick på elektronikväggen, men gav snabbt upp hoppet om att förstå de olika reglagens innebörd och funktion. I stället såg han ut genom det bubbelformade bryggfönstret. Genast kunde han konstatera att skeppets andra halva syntes långt där borta på fjällsidan.

På grund av det som stänkt ut på fönstret kunde han inte se några detaljer, men fick ändå ett hum om var på skeppet som bryggan var belägen. När blicken vandrade tillbaka från den begränsade utsikten stannade den till på liket och han drog efter andan.

I ett läderliknande bälte runt midjan bar den döde mannen ett vapenhölster. Även fast där inte fanns något vapen kunde det betyda att det någonstans i det trånga utrymmet fanns ett pistolliknande föremål.

Ett vapen som kunde ta det förlorade gevärets plats och som faktiskt bet på varelsen.

Frenetiskt började han se sig omkring i samma stund som ett ilsket trumpetande hördes när Agipaniern vaknade till liv igen.

Kort därpå hördes tunga steg utifrån den korta korridoren.

Kapitel 20

Sektor 14

Dag 5

Paniken var obehagligt närvarande när Isak haltade runt på bryggan. Han var i desperat jakt på det vapen som helt enkelt bara måste finnas där någonstans.

Förhoppningsvis skulle han hitta det i tid för att rädda sitt eget liv.

Av stegen i korridoren att döma hade han heller inte många sekunder på sig. Ilsket svärande gick han ner på alla fyra för att kika in under en teknikpanel som stod fastnitad vid durken på fyra korta ben.

Ännu ett rytande i vredesmod hördes från fienden som nu befann sig på tok för nära för att panikkänslan skulle kunna hållas stången.

Med pärlor av svett glänsande som diamanter på pannan tittade Isak in under bordspanelen. Där upptäckte han till slut något som kunde vara det vapen som han så desperat sökte.

Det påminde svagt om en klumpig frisbee med ett urtag som borde vara själva kolven. När han sträckte in handen under konstruktionen insåg han att utrymmet var för snålt tilltaget.

Det tog stopp redan vid armbågen.

Han kunde känna hur fingertopparna nuddade vapnet, men utan möjlighet att få tag på det så pass att det gick att dra fram. Med ögonen vitt uppspärrade lyfte han blicken och såg Agipaniern stående i dörröppningen.

Varelsen fäste sina ondskefulla, svavelgula ögon på honom och trumpetade på nytt innan den klev in. Den var definitivt inställd på att döda den besvärande lilla människan.

Från och med nu insåg Isak att hans liv kunde räknas i sekunder om det inte skedde ett mirakel. Monstret närmade sig och det släppte honom inte med blicken för en sekund.

Förtvivlat sträckte sig Isak på nytt efter pistolen, men kunde fortfarande bara nudda vid den.

Agipaniern vrålade.

Golvet skalv under de tunga stegen. Isak insåg att han aldrig skulle få tag på pistolen i tid och drog ut armen.

I samma ögonblick som en sylvass tentakel sköt ut rullade han undan. Spetsen missade honom precis och genomborrade i stället durken där han nyss legat. Om den träffat honom hade det varit slut, det insåg han omgående.

Varelsen hade definitivt slutat leka med bytet. Nu var den ute efter att döda honom som hämnd för att den ynkliga människan lyckats skada den flera gånger.

Han rullade runt på golvet, utan möjlighet att snabbt ta sig på fötter. Skadan i ryggen ilade ner genom högra benet och fick honom nästan att skrika av smärta, men han knep ihop.

Ännu en spjutliknande tentakel missade honom med minsta möjliga marginal. I stället genomborrades den döda besättningsmannens bröstkorg.

Varelsen tjöt ilsket och ryckte tillbaka tentakeln, vilket fick mannen att rasa till golvet i en hög av lealösa armar och ben. Tillsammans med kroppen föll även ett föremål som liknade det som låg under panelen.

Isak såg det och kastade sig med nyväckt hopp fram mot det förmodade vapnet.

Handen slöt sig runt kolven när något grep tag om hans fot. Med stor kraft rycktes han bakåt och uppåt. Envist grep Isak om pistolen för att inte förlora den igen när Agipaniern höll honom ett par meter över golvet. På det viset kom han att dingla som pendeln i en Moraklocka medan monstret betraktade honom.

Blodet strömmade till huvudet och gjorde honom yr, men genom dimmorna såg han nu för första gången sin motståndare på ett obehagligt nära avstånd.

Det var verkligen ett monster.

Varelsen såg ut som om en jättelik tolvarmad bläckfisk hade fått barn med Freddy Krueger. De gula ögonen brann av ett illa uppdämnt hat mot allt som omgav den. Samtidigt öppnades och stängdes den breda käften med sina sylvassa tänder. Det var som att Agipaniern bara väntade på att få slita köttet från benen på honom.

Isak stötte fram ett hulkande ljud genom strupen innan han höjde pistolen. Varelsen såg det potentiella hotet långt innan han hunnit verkställa sin tanke. Likgiltigt snärtade Agipaniern till med tentakeln så att Isak flög genom rummet som skjuten ur en kanon från Helvetet.

Med en hård duns träffade Isak väggen och föll till golvet, kippande efter syre. Det kändes som att det brann i lungorna.

Musklerna var bedövade. Kroppen vägrade att svara på hjärnans upprepade kommandon.

Trots misshandeln hade han inte släppt taget om vapnet. Pirrandet i handflatan fanns där som en bekräftelse på att pistolens AI fortfarande interagerade med hans nervsystem.

Varelsen kom emot honom.

I förbigående noterade Isak att främlingen haltade och dess tidigare snabbhet var reducerad. Med uppbådande av sina sista krafter tänkte han på försvar och till slut tvingade AI:n hans kropp att ta tillbaka kommandot.

Handen höjdes och två dödliga pulser sköt ut mot hotet. Efter vad hans suddiga blick förmedlade träffade åtminstone en av pulserna mitt i varelsens kropp.

Agipaniern vrålade och föll bakåt.

Isak sjönk ihop på golvet och slöt ögonen. Allting värkte. Varenda muskel, sena och ligament hade sträckts ut, tänjts, vridits om och slagits gul och blå. Han hade gett allt och lite till, men i slutändan hade han hämnats sina kamraters död.

Med lite tur var det över nu.

Situationen med en utomjordisk angripare hade för länge sedan passerat alla gränser för vad han tidigare ansett som möjligt. Liv i universum var något som han i åratal hade rationaliserat bort.

Den övergripande teorin var att de enorma avstånden skulle hålla isär alla tänkbara möten mellan människor och utomjordiska intelligenser.

Ack så fel han hade haft.

Fångkryssaren *Venator* hade en gång för alla bevisat att det inte bara fanns *en* enskild civilisation där ute, utan dussintals. Av dessa ansågs alltså Jorden vara underutvecklad och därför inte värdig att kontakta.

Hur skulle mänskligheten förhålla sig till det?

Varje gång som en underlägsen civilisation ställts inför en mer tekniskt utvecklad motståndare på Jorden hade det gått synnerligen illa för den ursprungliga civilisationen.

Exemplen på det var många, såsom Mayakulturens fatala möte med spanjorerna, eller Nordamerikas ursprungsbefolkning som nedkämpades av den vita mannen.

Troligen var risken stor att människan skulle gå samma öde till mötes om någon rymdfararnation siktade in sig på planeten.

Det var kanske tur att det intergalaktiska säkerhetsrådet avvaktade med sina kontaktförsök.

Det gick en rysning genom kroppen när fantasin spelade upp en blodig katastroffilm inför hans inre syn. I den filmen beslutade sig varelserna från *Ignotus* att människan hade spelat ut sin roll i universum.

För att sätta punkt för människans existens släppte de lös sina agipanier över mänskligheten.

Just som han kommit så långt i sin vakenmardröm darrade golvet till under honom. Det var en tung kropp som reste sig på nytt för att hemsöka honom.

Kapitel 21

Det kunde bara inte vara sant.

Den här utomjordingen var till och med värre än en av Hollywoods mer populära, fiktiva mass- och seriemördare. Den övernaturliga galningen fortsatte att mörda ungdomar iklädd sin vita hockeymask, trots att han blev både skjuten, dränkt och huggen i huvudet med en yxa.

Agipaniern var värre än den värsta mardröm man kunde tänka sig. En mardröm vaknade man till slut upp ifrån.

Man var kanske genomblöt av svett, men i samma sekund som man slog upp ögonen förvandlades även den värsta skräcken till ett suddigt minne.

Den här skräcken försvann däremot inte.

Oavsett vad man gjorde hängde den kvar som en gammal ungdomsförsyndelse.

Isak samlade sina sista krafter. Han öppnade ögonen, kämpade, lyfte huvudet. Det kändes som en hink betong.

Där var den.

Dödsängeln, pyrande av sin ondska. Kolsvart tornade den upp sig mot det svaga ljuset. Det skulle vara så enkelt att ge upp nu. Att bara Erkänna sig besegrad.

Han hade gett mer än sitt bästa, men ändå misslyckats. Döden väntade, bara ett andetag bort.

Stönande lyfte han pistolen, men en av varelsens tentakler slog den ur hans kraftlösa hand. Samtidigt skar de rakbladsvassa klorna upp underarmen, från armvecket ner till handloven. Blodet rann i pulserande strömmar, varmt mot den kalla durken. Med varje droppe förlorade han en del av sig själv, av sin kraft, av sitt liv.

Med en resignerad suck sänkte Isak huvudet.

Utmattad lät han det vila mot golvet, på samma vis som en dödsdömd blottade sin nacke på schavotten. Nu väntade han bara på bödelns yxa.

Väntade och hoppades på att det gick fort. Bara ett kort ögonblick av smärta som sedan ersattes av det eviga mörkret.

Agipaniern trumpetade.

En tung fot flyttades, durken darrade. Ännu en darrning. Tystnad.

Tystnaden varade under några av de längsta sekunder som Isak någonsin kunde påminna sig ha upplevt. Därefter kom en triumfatorisk trumpetfanfar innan en vass tentakel genomborrade hans vänstra axel.

Smärtan var olidlig.

Ett plågat skrik letade sig ofrivilligt över hans läppar. Främlingen lyfte upp honom och lät Isak dingla framför sig, som en mörad biff. Med blodet envist droppande ur sina sår öppnade Isak ena ögat. Trotsigt såg han på motståndaren.

Inte heller varelsen hade klarat sig oskadd genom deras kraftmätning. Hålet i vingen, multipla skador på bålen och i huvudet visade hur väl Isak trots allt hade kämpat emot.

Tyvärr hade det inte räckt till.

På något sätt måste de agipanska trollkarlar som en gång skapat denna ras byggt in någon form av regenereringsprocess i varelsens DNA. Det gjorde att den kunde överleva även mycket svåra skador.

Allt för att i det längsta kunna tjäna kejsardömet.

Själv saknade Isak denna regenererande förmåga.

Till skillnad från motståndaren skulle han inte sluta blöda förrän hjärtat slutade att slå. Efter det kunde ingenting dra honom tillbaka till de levandes skara igen.

Med svag röst viskade han fram:

"Jag fick dig, din fula jävel. Hoppas du dör en utdragen död i din ensamhet."

Nu kom ett läte från varelsen som han kunde svära på var ett skratt innan ännu en sylvass tentakel började röra sig mot honom. Med trotsigt lugn betraktade Isak det annalkande instrument som skulle beröva honom livet. Som sina sista ord valde han att sluddra fram:

"Kom igen då. Törs du inte avsluta det här?"

Ett rytande hördes från varelsen, sedan ökade hastigheten på tentakeln.

Delar av Agipanierns huvud försvann i ett svart moln av inälvor och blod.

Mindre än en bråkdels sekund senare slets ett hål, stort som en vuxen mans knytnäve, upp i dess bröst.

Isak föll till golvet.

Han kände, snarare än hörde, hur varelsens kropp gjorde detsamma. Tyvärr var han för svag för att orka titta upp.

Tyst undrade han vad det egentligen var som hade hänt?

Utan att bli något klokare förlorade Isak medvetandet och gled tyst in i mörkret.

När han långt senare försökte slå upp ögonen igen kändes det som att någon illvillig djävul hade limmat ihop dem. Efter några ögonblicks intensiv kamp lyckades han få upp ena ögat. Närsynt kisade han ut mot omgivningen.

Han var inte kvar på bryggan.

Så mycket förstod han av vad han såg, sedan hördes en kvinnlig röst säga:

"Han vaknar nu."

För ett kort ögonblick undrade han vem det var som avsågs. Sedan hann hjärnan i kapp och Isak förstod att det var han själv som menades. Ett ansikte växte in i synfältet. En bekant röst sa:

"Välkommen tillbaka, Isak. Ett tag var vi rädda att vi hade förlorat dig, men Westhed tog hand om dina skador medan du var medvetslös."

Ett rosslande ljud slet sig ur hans strupe, men inga ord kom. Bara ljudet av en man på gränsen mellan liv och död.

Ägaren till rösten tycktes ändå förstå vad han ville ha sagt och fortsatte:

"Det är bara jag och Anna som klarade det, löjtnant. Resten dog. De slaktades, den ena efter den andra, av det där monstret."

"Malm?"

Isak lyckades klara strupen för att få fram detta enda ord, format som en fråga.

"Ja, kompis. Det är Henrik. Du är fortfarande kvar på rätt sida om regnbågsbron."

Mannen log ett snett leende. Nu kom den kvinnliga rösten tillbaka, Anna Westhed:

"Vi hittade deras kassun och erövrade några av vapnen. Det tog ett tag innan vi listade ut hur de fungerar, men skam den som ger sig. Vi höll nästan på att ta död på oss själva, men nu tror vi att vi bemästrar det hela rätt bra."

Hon gjorde ett kort uppehåll medan hon kontrollerade hans puls. När Anna var nöjd fortsatte hon:

"När varelsen lämnade vår del av vraket tog vi oss ut och följde efter den hit. Vi kom i sista sekunden, som det verkar. Malm var snabbast och sköt snyggt och prydligt skallen av den. Själv gjorde jag ett hål i bröstet innan den gick omkull."

Hon tystnade några ögonblick för att ta sats inför fortsättningen:

"Vi fick släpa bort dig därifrån eftersom den även som död var livsfarlig ... i alla fall av stanken att döma. Tror aldrig jag har känt något liknande tidigare. Nu befinner vi oss i ett av de där kontoren, eller vad vi ska kalla det, utanför fängelse-avdelningen."

Malm tog över när Westhed tystnade:

"Japp. Den där draken stank tio gånger värre än en grisfarm på steroider. Den var som ett biologist vapen – rena giftet."

Han harklade sig för att få bort en inbillad efterdyning av stanken. Sedan fortsatte han:

"Vi har rengjort och förbundit dina sår. Du har förlorat en hel del blod. Är inte direkt i skick att skida över fjället, om man säger så. Däremot tror jag inte vi har så stort val, på grund av omständigheterna. Vi vilar några timmar, sedan bäddar vi ner dig i en av slädarna. Med det gjort ser vi till att komma tillbaka till civilisationen igen, så snabbt som möjligt. Trots att varelsen är död känns det fortfarande som att dess ande vilar över den här platsen."

Malm tog en filosofisk konstpaus innan han med eftertänksamheten tydligt skönjbar i rösten sa:

"Radion funkar fortfarande inte, så vi kan alltså inte kalla på hjälp. Om det beror på det här skeppet, eller något helt annat, ska jag låta vara osagt. Etern är i alla fall död och lämnar oss därmed inga alternativ."

Isak log ett svagt leende. Han var så outhärdligt trött och hjärnan ville inte fungera som den brukade göra. Den vanliga klarsyntheten var som bortblåst. Trots det var det något som han kände inte stämde.

Problemet var bara att han inte kunde komma på vad det skulle vara. Kanske klarnade det om han sov några timmar?

Motvilligt slöt han ögonen och somnade omedelbart, vilket lämnade Westhed och Malm att hålla vakt ifall ytterligare hot skulle materialisera sig på detta förbannade skepp.

Epilog

Sex veckor senare

Mitellan skavde irriterande mot huden på halsen. Samtidigt kliade det något fruktansvärt i stygnen. Han var tvungen att lägga band på sig för att inte riva upp bandagen och frenetiskt börja klösa i såren, bara för att få lindring från klådan.

Den gångna månaden hade varit en enda lång rehabiliteringsperiod. Isak hade tillbringat närmare tre veckor på sjukhus innan han till slut släpptes tillbaka hem igen. Under den tiden hade han genomgått inte mindre än tre operationer.

Dessutom hade han ytterligare minst en att se fram emot.

Det hade varit omfattande skelettskador som den rekonstruerande kirurgin varit tvungen att ta hand om.

Tydligen skulle han aldrig få tillbaka full rörlighet i armen.

Nu höll han på att försöka anpassa sig till sin nya vardag som immobiliserad. Det hade även inneburit flera sessioner med debriefing med regementsläkaren, psykolog och överordnade befäl. De hade alla försökt förstå vad det var som hade hänt där uppe på fjället. Flera gånger hade man upprepat samma fråga:

Var verkligen alla andra döda? Hur hade det gått till?

Som en papegoja tvingades Isak upprepa samma fraser på nytt:

Ja, alla var döda. De hade slitits i stycken av en kraft som ingen människa kunde förstå. Det rådde ingen tvivel om att de verkligen var bortom räddning.

Vapnen som de kom tillbaka med stödde deras version av historien, men han förstod ändå att hans överordnade hade svårt att ta in alla detaljer. I vilket fall som helst hade en grupp från SOG och jägarplutonen sats samman för att undersöka det störtade skeppet. Deras uppdrag var att verifiera historien, samt ta hand om kvarlevorna av varelserna.

När det nu ringde på dörren förväntade han sig att där skulle stå en uppskrämd major som berättade att man hade förlorat även denna grupp. När dörren gled upp möttes han i stället av major Tormans allt igenom lugna blick.

Ett snett leende syntes på mannens läppar.

Majoren var för ovanlighetens skull civilklädd. I handen bar han en flaska av ett lite bättre ukrainskt vitt vin. Glatt höll han fram flaskan mot den förvånade Isak:

"Det är verkligen skönt att se er på fötter igen, Isak. Jag har en del nyheter att berätta gällande expeditionen till platsen för kraschen. Fast jag vill helst slippa ta det här i farstun."

Torman log och såg sig menande omkring i trapphuset innan han fortsatte:

"Får jag komma in? Jag känner att vi måste dryfta det här under lite mer ... civiliserade former, eller vad tycker du själv?"

Med en stum ursäkt steg Isak åt sidan för att släppa in Torman. När majoren väl stod i hallen tittade han ut i trapphuset, men det verkade vara tomt. Tacksamt tog han emot vinflaskan med sin friska hand. Efter det bjöd han in majoren i vardagsrummet där mannen genast sjönk ner i soffan.

Isak höll upp flaskan med en frågande min.

Ett varmt leende spelade över Tormans läppar när han nickade till svar. Sedan sa han:

"Nu är du en smula justerad i vingen, så jag kan öppna den.
På det viset händer det inga fler tråkiga olyckor. Ta bara fram
ett par glas så vi kan dricka som civiliserade människor. Där-
efter vill jag höra dig berätta med egna ord vad det var som
hände de där olycksaliga dygnen uppe på fjället."

"Har ni inte läst utvärderingarna?"

"Jo visst fan har jag gjort det."

Torman frustade till svar innan han fortsatte:

"Jag är däremot inte så imponerad av det kliniska språket.
Bättre att få höra det direkt från källan ... om du orkar med
att dra alltihopa en gång till, vill säga."

Utan att svara nickade Isak som en bekräftelse på att han
nog kunde dra det hela en extra gång för sin närmaste chef.
Trots allt hade inte Torman fått vara med under debriefingen.

Han ursäktade sig och gick ut i köket. Där trollade han skick-
ligt fram ett par höghalsade vinglas innan han återvände till
vardagsrummet.

Majoren hade nu öppnat flaskan och höll upp den framför
sig medan han skärskådade etiketten.

"*Biologist*", sa Torman uppmuntrande. "Ett riktigt bra vin
från Ukraina. Det passar utmärkt för en mer inofficiell rapport
av händelserna. Fungerar även som en påminnelse att våra
ukrainska bröder kan göra mer än bara framställa drönare
och bekämpa moskoviter."

Torman fyllde glasen. Isak tog några djupa klunkar innan
han sakta började redogöra för händelserna. När han kom
fram till slutet sa Torman fundersamt:

"Och ni är helt säkra på att den där Agipaniern dödades
som ni säger? Det finns inga tveksamheter i den frågan?"

Tyst nickade Isak till svar medan han väntade på fortsättningen. Den kom efter en viss tvekan när majoren sa:

"Det var inte helt lätt att få ihop teamet som skulle utföra uppdraget. Sedan ville man givetvis inte skicka dem i döden, utifall det fanns fler utomjordingar kvar. Därför måste de först få utbildning på de vapen ni förde tillbaka. Det tog två dagar att få det klart, med stor hjälp av Malm och Westhed."

Han tystnade, som för att samla sig inför fortsättningen när han sa:

"Vi fick tillbaka teamet i går. Samtliga hade överlevt och samlat in de kroppar – både våra egna och de främmande - som man kunnat hitta. Problemet är bara att den här varelsen som ni beskriver inte fanns med. Bryggan innehöll bara de två lik som fanns där redan innan, även om tecken bekräftade er historia. Det är möjligt att ännu en varelse överlevde och tog hand om Agipaniern ..."

Rösten dog bort, men Isak visste att Torman nu grep efter halmstrån. Med död röst sa han:

"Nej, major. Det fanns inte någon andra varelse. Det var bara Agipaniern. Den kan regenerera sig själv ... tydligen även efter en så pass omfattande skada som det var frågan om här. Allt den verkar behöva är lite tid, som när vi återhämtar oss från en idrottsskada."

Han tystnade och vände blicken ut genom fönstret där snön nu föll från en gråvit himmel. Hade detta varit i Stockholm hade sörlänningarna förmodligen drabbats av snöpanik, med följd att hela huvudstaden stod stilla. Här uppe var det däremot inte någon som ens lyfte på ögonbrynen.

Efter en lång tystnad sa Isak slutligen:

"Agipaniern överlevde och finns fortfarande kvar någonstans där uppe på fjället, major. När den väl har återhämtat sig kommer den att söka upp oss för att hämnas. Vi skadade den och det kan den inte acceptera."